AF466398

PIERRE SALES

Viviane

AVENTURES PARISIENNES

PARIS
FAYARD Frères, Éditeurs
78, boulevard Saint-Michel, 78

ŒUVRES DE PIERRE SALES

En volumes illustrés à 60 centimes.

Ont paru :

I.	**Le Sergent Renaud**	1 vol.
II.	**La Jeune France**	1 vol.
III.	**A l'Américaine !**	1 vol.
IV.	**Bas les Masques !**	1 vol.
V.	**Le Corso Rouge**	1 vol.
VI.	**Justice Humaine**	1 vol.
VII.	**L'Écuyère**	1 vol.
VIII	**L'Expiation**	1 vol.
IX.	**Chaine Dorée**	1 vol.
X.	**La Baronne de Candia**	1 vol.
XI.	**Olympe Salverti**	1 vol.
XII.	**La Revanche de l'Amour**	1 vol.

Viviane

PREMIÈRE PARTIE

I

UN ORPHELIN

— Accusé, avez-vous quelque chose à ajouter pour votre défense?

L'accusé s'était levé; et promenant un regard hautain sur les jurés, sur le président des assises, sur les avocats et les rédacteurs judiciaires venus en foule de Paris, il sembla les écraser tous de son mépris. Puis, étendant le bras vers le Christ, d'une voix un peu rauque mais très nette :

— Devant Dieu qui m'entend, je jure une dernière fois que je suis innocent! Et je proteste contre la bienveillance dont M. le procureur général m'a humilié : il vous a rappelé mes états de service et le glorieux passé de ma famille comme pour vous demander de m'accorder des circonstances atténuantes... Des circonstances atténuantes! Je n'en veux pas, je n'en ai pas besoin! Si vous croyez, messieurs, que le marquis de Trevenec, ancien officier de la marine française, ait pu devenir un assassin, condamnez-le, condamnez-le impitoyablement!... Messieurs, je m'en remets à votre conscience; et, si vous vous trompiez, comme la justice humaine s'est, hélas! trompée tant de fois...

Le marquis de Trevenec s'arrêta quelques secondes, un sanglot lui montait à la gorge; il le domina, puis acheva avec fermeté :

— Je vous pardonnerais... et m'en remettrais à la justice de Dieu!

Une grande émotion parcourut l'auditoire. Tout était terminé. Après six audiences écrasantes, on arrivait au dénouement de cette cause tragique qui passionnait la France entière. Un marquis de Trevenec — un de ces noms qui font partie du patrimoine le plus illustre de notre pays — accusé d'avoir assassiné son plus cher ami d'enfance, et pour le motif le plus bas, pour le voler. Quand les journaux avaient répandu la nouvelle de son arrestation, personne en France, non seulement à Paris, mais même dans les villes les plus reculées où ses héroïques faits d'armes l'avaient rendu célèbre, personne n'avait ajouté foi à une aussi monstrueuse accusation. La justice elle-même n'avait agi qu'avec une extrême prudence, voulant douter, malgré les accusations qui s'élevaient contre le marquis. Ce dernier les reconnaissait d'ailleurs avec une belle assurance, se contentant de dire :

— Je suis innocent! Et vous ne pouvez pas croire que je sois coupable... Il y a contre moi des coïncidences vraiment extraordinaires; mais vous parviendrez à découvrir la vérité.

La vérité! M. Michel Delalande, le juge d'instruction chargé de l'affaire, l'avait cherchée avec un acharnement passionné; et le résultat de ses recherches avait été la mise en accusation du marquis de Trevenec. Et son instruction avait été si habilement menée, ses preuves si sûrement échafaudées que les meilleurs amis du marquis en étaient réduits à avouer qu'ils ne comprenaient plus... On avait tout tenté, alors, pour empêcher des débats, cette honte au grand jour. En admettant que le marquis fût coupable, il n'avait pu l'être que dans un moment d'aberration : « il devait être sujet à des accès de folie... » La justice, des médecins illustres se prêtèrent à cette tentative, qui eût évidemment sauvé le marquis de la Cour d'assises. Il ne le permit pas.

— Puisque je suis innocent! s'écriait-il avec une fermeté qui aurait dû démontrer à quel point il était sincère.

L'heure de la justice était enfin venue. Et le malheureux, dès son interrogatoire, avait compris que jurés, magistrats, avocats, et cette foule élégante qui s'entassait dans une atmosphère enfiévrée, que tout l'auditoire le plaignait avec une réelle sympathie, mais que sa culpabilité ne faisait plus de doute pour personne. Et il avait abominablement souffert, abominablement vieilli. Quelle torture, le jour où on lui avait jeté à la face cette lettre de sa mère :

« Je vous remercie, Monsieur le Président, de m'éviter la honte de témoigner dans le procès de M. le marquis de Trevenec. Mon témoignage d'ailleurs ne vous apprendrait rien; car, depuis le jour où M. le marquis de Trevenec a fait un mariage indigne de lui, je n'ai plus eu de fils.

« Marquise de Trevenec. »

Quelle suprême insulte pour la chère et douce femme qui lui avait consacré sa vie, pour la mère de son enfant!... Et c'est à ce pauvre petit être qu'il songeait surtout, maintenant qu'on l'avait emmené, tandis que le jury délibérait. Son fils, dont les caresses l'avaient presque consolé des impitoyables rigueurs de sa mère, ce fils, qu'allait-il devenir, grand Dieu! si le père était reconnu coupable d'assassinat?... Pendant quelques minutes, il lui sembla que sa tête éclatait, qu'il devenait fou. Depuis que son procès était commencé, d'ailleurs, lui qui avait refusé avec tant de hauteur de se laisser passer pour fou, sentait parfois sa raison s'égarer...

On vint le chercher; le verdict allait être rendu. Au milieu d'une animation extraordinaire, le chef du jury déclara que le marquis de Trevenec avait été, à l'unanimité, reconnu coupable du crime d'assassinat, mais que le jury lui accordait, à l'unanimité aussi, le bénéfice des circonstances attémantes. C'était, au lieu de la peine de mort, la condamnation aux travaux forcés à perpétuité. Elle fut prononcée d'une voix toute tremblante par le président; mais il achevait à peine la sentence qu'un cri désespéré l'interrompait, un cri qui remua jusqu'au fond de l'âme les assistants les plus sceptiques. Et l'on vit une femme, vêtue de noir, se frayer un passage au milieu de la foule, au milieu des gardes et se précipiter dans les bras du condamné.

— Jean!...

— Ma chère femme!...

... Ils se tenaient fiévreusement embrassés; les gendarmes, profondément émus, n'osaient pas les séparer. Et, dans toute la salle, c'était une curiosité intense, la foule se serrant horriblement, se pressant avec une ardeur malsaine, pour voir cette simple paysanne, Marie Leploven, dont le condamné avait fait une marquise. Et l'on comprenait bien cette passion; car la jeune femme était admirablement belle, d'une beauté douce, chaste, la beauté des filles de Bretagne que, suivant la légende, la duchesse Anne demanda pour elles à sa patronne.

— Gardes! cria le président, j'avais pourtant donné des ordres...

Eh oui, il avait pu donner des ordres; il redoutait cette scène suprême, la protestation indignée qu'il devinait sur les lèvres de la malheureuse; mais elle avait trompé toute surveillance et réussi à pénétrer dans la salle au moment où on prononçait le verdict.

— Non, messieurs! s'écria-t-elle en se tournant vers les jurés, non, vous ne pouvez pas l'avoir condamné!...

Et elle repoussait, avec une énergie surhumaine, les gardes, qui essayaient de l'entraîner.

— Lui! Mon mari!... Lui, coupable!... C'est une folie!... Je vous jure, messieurs, que son ami lui avait prêté bien volontairement cet argent; et, avec cet argent, nous allions partir pour l'étranger, puisqu'on nous maudit en France... Et c'est un autre qui a commis le crime au même moment... Je vous en supplie, il faut que cet arrêt soit cassé! Il faut recommencer l'instruction... Pour mon fils... Je vous supplie à genoux...

Elle allait se jeter à terre; son mari l'en empêcha fièrement:

— Assez, Marie, assez! Tout est inutile... Je suis moins malheureux puisque, malgré tout, tu crois toujours en moi...

Et il l'embrassait en pleurant.

— Retirez-vous, madame, je vous en prie, disait le président avec une réelle bienveillance.

— Non, non! Je ne le quitte plus!

Et elle se cramponnait à lui, malgré ses supplications :

— Pars, Marie! Il le faut!... Sois forte...

— Non, non! On me tuerait plutôt!... Je te dis que j'aime mieux mourir... Oui, oui, mourir...

Les gardes essayaient vainement de la dégager; et soudain, elle se raidit plus vigoureusement, toute redressée, collée contre le corps de son mari... Ses larmes s'arrêtèrent tout à coup; ses yeux eurent un long regard anéanti; elle porta ses mains à son cœur... Et, d'une voix mourante, elle balbutiait :

— Jean... Bien-aimé... Mon fils!... Non, non! Tu n'es pas coupable...

Un dernier spasme la tordit dans les bras de son mari. *Elle se mourait*, la pauvre petite Bretonne; son cœur, naïf et doux, n'avait pu résister à tant de douleurs... Et maintenant, elle était morte! Elle avait payé de sa vie son beau rêve...

Son mari la tenait toujours contre lui, croyant à un simple évanouissement, lui parlant avec une infinie tendresse. Et quand il sentit la rigidité de ce corps, jadis si souple, et qu'il entendit un garde prononcer avec ahurissement : « Mais c'est qu'elle vient de passer, la petite dame! » il lui sembla que quelque chose se brisait en lui, dans son cœur, dans sa tête surtout. Et tandis que des larmes brûlantes s'échappaient de ses yeux, ses lèvres furent secouées d'un rire effrayant. La folie s'emparait de lui, manifestement, donnant raison à ceux qui l'avaient cru capable d'avoir commis le crime dans une minute d'égarement. Et il ricanait encore, pendant qu'on l'entraînait; il ne reconnaissait aucun de ses anciens amis, qui voulaient le saluer au passage. Et il criait avec un accent farouche :

— Mon fils!... Le fils d'un assassin... Moi, moi! Je suis un assassin!...

Des ordres furent donnés pour qu'on le transportât, dès le lendemain, dans une maison de santé. Mais quand on pénétra, le matin, dans sa cellule, on le trouva râlant : il s'était frappé au cœur avec un mauvais couteau...

II

LA DOUAIRIÈRE

... La marquise douairière de Trevenec suivait lentement le sentier qui longe la falaise, plongeant ses regards sur l'immensité houleuse qui s'étendait au-dessous d'elle. La nuit étant à peu près claire, elle essayait de voir dans le lointain, entre le cap Fréhel et la pointe de la Varde; et chaque fois qu'une voile se détachait, assez vaguement d'ailleurs, sur l'horizon, elle tressaillait. Puis, comme toutes ces voiles disparaissaient dans la direction de Saint-Malo ou de la haute mer, elle avait un mouvement de déception :

— Allons! ce n'est pas encore lui!...

Et elle continuait son chemin, jusqu'au moment où elle apercevait la silhouette de son château, planté sur un rocher, ce château, berceau de tant de gloires, maintenant déshonorées... Elle n'allait pas plus loin; elle retournait par l'étroit sentier vers le petit cimetière qui domine la mer. Une fois, elle faillit rencontrer le douanier qui faisait sa ronde; elle l'évita en se jetant dans une lande : il ne fallait pas que qui que ce soit l'eût vue cette nuit!... Et pourtant, il ne se passait guère de nuit, depuis une semaine, où elle n'allât prier sur la tombe de son fils, le dernier marquis de Trevenec. Elle n'y allait pas le jour; elle avait trop de honte.

Le jour, elle s'enfermait : personne ne pouvait approcher d'elle. Elle ne voulait pas de la sympathie de cette brave population de marins qui pourtant l'aimait profondément, parce c'était une habitude enracinée dans les cœurs, depuis des siècles, de s'aimer bravement, loyalement, entre le château et les pêcheurs de Trevenec. On avait pleuré dans tout le village, à la nouvelle de la mort du dernier marquis; et quand on l'avait descendu dans le caveau de ses ancêtres — l'unique caveau du petit cimetière — les simples pêcheurs sanglotaient comme si la mort leur eût pris un parent chéri. Et, s'ils avaient été unanimes à blâmer la vieille marquise de faire enterrer la femme du marquis de l'autre côté du cimetière, ils n'en avaient parlé que bien bas, comprenant, après tout, le ressentiment que gardait la vieille contre la jeune, contre celle qui lui avait pris son fils, qui était cause de tout. Et, la prière dite sur les deux tombes, ils étaient retournés, eux à leurs filets, elle à son château.

... Elle entra dans le cimetière, passa avec mépris devant la tombe de la femme de son fils — car elle avait eu l'atroce courage de les séparer même dans la mort — et alla s'agenouiller sur le tombeau de son illustre famille, dont elle était seule à représenter le nom désormais, elle qui n'en faisait partie que par alliance. Elle avait la garde de ce nom et ne permettrait certes pas à un *indigne* de le porter!... Elle avait pris une résolution terrible, qu'elle accomplirait sans faiblesse, sans remords; et rien ne saurait la toucher, puisqu'elle ne s'était pas laissé toucher par cette lettre de sa belle-fille :

« Madame,

« Au moment où s'ouvre le procès de mon cher époux, je viens implorer votre pardon, non pour moi mais pour notre enfant, que la destinée va peut-être me forcer à abandonner : quel que soit le sort du marquis de Trevenec, je ne quitterai plus mon mari. J'entrevois une vie de souffrances, de privations, à laquelle je n'ai pas eu le courage de soumettre mon enfant. Entièrement dénuée de ressources, je n'ai même pas pu payer depuis deux mois sa petite pension, dans la maison où on me le garde à Jersey... Madame, je ne me suis jamais humiliée devant vous, je le fais aujourd'hui... Ayez pitié de mon enfant... Vous êtes mère... Madame, ayez pitié... »

Pitié!... Oui, elle aurait pitié, ainsi qu'elle avait pitié de tous les enfants; mais ce serait tout. Comme chef de famille, elle demeurerait impitoyable! Ne valait-il pas mieux laisser s'éteindre la famille que de confier le soin de son honneur au fils d'un assassin?... Elle avait quitté le cimetière, traversé le chemin du douanier et, placée dans l'anfractuosité d'un rocher, interrogeait de nouveau la mer.

— Enfin! les voici!

Un bateau de pêche se rapprochait de la côte. Seulement, au lieu de se diriger vers le petit port, il arrivait droit sur la falaise, avec vent arrière.

— Mais il va se briser!

Comme s'il l'avait entendue, le bateau s'arrêta, on cargua ses voiles; et bientôt un canot se détachait du bateau de pêche et abordait aux pieds de la marquise, qui, pendant la manœuvre, était descendue par un sentier rocailleux jusqu'au bord de la mer. Un marin d'une cinquantaine d'années, vêtu de son « ciré », sauta sur le rocher.

— Vous, madame, ici!

— Ici, nous n'aurons pas de témoins.

Il y eut un court silence. Le marin, après avoir levé les yeux pour saluer la marquise, regardait fixement la terre. La marquise contemplait le bateau de pêche, que des vagues un peu fortes secouaient.

— Le vent va changer, dit-elle.

— Oui, madame, avec le flot.

— Cela te permettra de repartir plus facilement.

— Ah! madame!...

Et un sanglot monta à la gorge du marin.

— Ne m'as-tu pas promis de m'obéir? s'écria sévèrement la marquise.

— Madame, tout ce que vous voudrez!... Mais pas ce que vous m'avez ordonné... Ah! si vous vouliez le voir, ce petit!

— Non!... On te l'a remis sans difficulté?

— Sans difficulté, sur votre lettre... Ah! ça m'a remué! C'est tout son portrait, madame... Et gentil! Je sais pas comment font ces petits êtres pour vous prendre le cœur...

Le marin se jeta à genoux sur la roche, que des embruns balayaient sans cesse; et, saisissant les mains de la marquise :

— Madame, je suis à vous, parce que j'étais à votre mari, et puis parce que j'étais aussi à votre fils... Vous ne voulez pas qu'on vous en parle, de votre fils; mais je l'aimais tant!... Tenez, on me prouverait que c'est vrai, cette accusation, et pour moi ça n'a jamais été prouvé, mais enfin on me prouverait que c'est vrai, eh bien! je l'aimerais tout de même... C'est moi qui l'avais fait marin : quand il était haut comme ça, il n'y a pas de danger qu'il serait monté dans une autre barque que la mienne... Et vous voudriez que je n'aime pas son petit?... Ça en sera encore un fameux, celui-là, je vous le jure!... Il était si content sur l'eau!... Et maintenant je l'ai couché sous le pont, je lui ai fait un bon lit de filin... Et il dort...

— Assez, Sulpice! Rappelle-toi ce que tu m'as promis!

Elle ne voulait pas avouer, elle ne voulait pas s'avouer à elle-même que toutes ses résolutions mollissaient depuis que le bateau de pêche était-là, cachant son petit-fils, la chair de sa chair.

— Ah! vous n'auriez pas d'entrailles! lui jeta Sulpice. Perdre tout ce qui vous reste de votre fils!...

— Tais-toi! Et exécute mes ordres! Quand on a un membre malade, il faut le couper! Dieu l'a dit!

— Il ne peut pas avoir dit une chose pareille, lui qui aimait tant les petits!

La douairière se détourna, afin de cacher les larmes qui jaillissaient soudain de ses yeux. Et, pour se redonner des forces, elle dut évoquer le souvenir de la mésalliance, de la femme qu'elle maudissait, le souvenir du crime...

— Non, non! Il le faut! Je le veux!... Ah! s'il n'était pas le fils de cette femme!... Sulpice, écoute bien mes derniers ordres; allons, relève-toi!

Mais il s'obstinait à demeurer à genoux; et, serrant convulsivement la main de la marquise :

— Ah! laissez-moi vous dire encore... Si vous ne voulez plus de lui, permettez-moi de le prendre! Ce qu'on rejette du château, le pauvre pêcheur peut bien le ramasser... Qu'il ne quitte pas notre Bretagne!... Je ne sais quels mots il faudrait dire pour vous toucher; on ne m'a enseigné qu'à être marin, moi... Eh bien, il sera un pauvre matelot comme nous... il ignorera toujours qui il est... Personne, dans le pays, ne connaîtra la vérité... Mon fils, qui m'a accompagné à Jersey, ne sait pas, ne soupçonne même pas ce que ça peut être que cet enfant... Il n'y a donc que vous et moi... Et, plus tard, quand vous verrez que c'est un brave et honnête Breton...

— Un tel sang est indigne de nous! Assez!

Elle se raidissait, s'arc-boutait dans sa résolution prise.

— Tiens! Voici une enveloppe qui renferme assez d'argent pour que la vie matérielle de cet enfant soit assurée. Ne pleure pas sur lui, il ne souffrira jamais. S'il restait parmi nous, on ne pourrait pas toujours lui cacher qui il est, sa vie serait empoisonnée comme va l'être la mienne : c'est la plus grande pitié que je puisse avoir de lui que de briser les liens qui l'attachent à moi, à un nom à jamais déshonoré... Pars, Sulpice, voici le flot... Et tu feras ce que je t'ai dit : c'est la saison des bains de mer; partout, tu trouveras des réunions d'enfants... Et que rien ne puisse te faire découvrir! Mon mari m'a toujours assuré que tu étais le plus rusé de ses quartiers-maîtres... Je compte sur toi... Mais, va, va donc!

Il ne répondait plus; il sanglotait, tout en se laissant pousser vers le canot.

— Ah! mon Dieu! puisque vous l'ordonnez! murmura-t-il en se jetant dans l'embarcation.

Et il prenait ses avirons, pleurant, pleurant...

— Si vous aviez seulement consenti à le voir!

Ils se tenaient fiévreusement embrassés. (Page 6.)

Ce furent ses dernières paroles; il s'éloignait rapidement, la marée l'emportait. La marquise était tombée à genoux; et maintenant elle sanglotait sans contrainte, son cœur se brisait.

— Seigneur, je vous ai consulté : vous m'avez dicté mon devoir, je l'ai accompli fermement; mais appelez-moi à vous, maintenant!... Que puis-je faire ici-bas?... Mon enfant!... Mon petit-fils... C'est fini... Jamais je ne l'embrasserai... Jamais!...

Le canot avait rejoint le bateau de pêche. On appareillait. La marquise poussa un cri de suprême désolation et tomba évanouie sur le rocher...

III

L'ENFANT

Une grande animation régnait, depuis le matin, parmi la

Bientôt un canot se détachait du bateau de pêche. (Page 9.)

population enfantine du Tréport. Grands et petits, petites et grandes, en faisant des pâtés sur le sable, parlaient fiévreusement de la belle après-midi qui se préparait : une séance de prestidigitation donnée par le célèbre Paul Moreau, et le bal habituel du jeudi. Justement, Paul Moreau lui-même venait de descendre par les planches qui traversent le banc de galets et se promenait lentement sur le tapis de sable, au milieu des bandes d'enfants. Et c'était une stupéfaction, car le Paul Moreau de cette année ne ressemblait guère à celui de l'année précédente. Celui de l'année dernière était joyeusement vêtu d'un complet gris à l'anglaise, celui-ci était vêtu de noir; celui de l'année dernière ne manquait jamais de plaisanter en traversant sa mignonne clientèle, même de faire des tours ; et on contait, qu'une fois, il avait ouvert son porte-monnaie, là, sans préparation, devant des petites filles et un grand garçon qui le surveillaient attentivement, et que, de ce porte-monnaie, il avait tiré une demi-douzaine d'éventails... Le Paul Moreau de cette année ne plaisantait avec personne : il se promenait très tristement et jetait de mornes regards sur les petits garçons. Enfin, celui de l'année dernière traînait à la main un gentil bébé ; celui-ci était tout seul. Et sûrement, on le vit s'attendrir, tandis qu'il caressait timidement un enfant de cinq ans qui le reconnaissait.

Mais toutes ces remarques furent vite oubliées lorsque, l'après-midi, les enfants se trouvèrent entassés dans le Casino, au pied de l'estrade, se battant pour être au premier rang, les garçons bousculant les petits et les filles, et les filles et les plus petits appelant les mamans. Et, comme le tumulte grandissait, Paul Moreau dut intervenir avec sa haute autorité : deux grands diables de dix ans, vêtus de jerseys noirs, la peau du cou et des mollets aussi foncée que leur vêtement, voulaient chasser un petit garçon de trois ou quatre ans, que personne n'avait encore vu au Tréport, et qui défendait sa place au premier banc. Tout redressé, les poings fermés, le visage en feu, il baragouinait, dans un bizarre mélange d'anglais et de français, qu'il ne céderait pas et qu'il n'avait pas peur!

— Comment, messieurs, s'écria gravement Paul Moreau, vous n'avez pas honte?... Gardez donc votre place, mon petit ami!

Le petit garçon le remercia d'un simple regard, et il demeura très sage, un peu effaré, jusqu'au moment où commencèrent les tours. Paul Moreau se promenait de long en large sur son estrade, bavardant, amusant les bébés, leur contant des histoires merveilleuses, tirant de la poche de son gilet une coupe remplie d'eau, dans laquelle il faisait venir, par la seule puissance de sa volonté, une multitude de petits poissons; puis, d'une simple feuille de papier, transformée en corne d'abondance, faisant tomber une moisson de fleurs, et, la feuille de papier dûment tâtée et retournée, pour bien prouver qu'elle n'était qu'une simple feuille de papier, lui faisant produire encore un vase superbe empotant une azalée; puis lisant dans la pensée de ses auditeurs; opérant des calculs fantastiques... Et il aurait continué jusqu'au lendemain sans lasser son auditoire...

Mais l'heure du bal avait sonné, les domestiques enlevaient les bancs, un orchestre s'installait sur l'estrade. Les tout petits commençaient de se trémousser, tandis que les musiciens accordaient leurs instruments; et les grands garçons organisaient gravement des quadrilles.

Paul Moreau avait rapidement plié ses accessoires; mais il ne partait pas, il ne pouvait plus s'arracher au spectacle de ces amours qui, eux, l'avaient déjà oublié pour ne plus songer qu'à leur amusement. Le bal débutait par un quadrille très animé qui, dès la première figure, donnait lieu à une discussion : les grands prétendaient que les petits se fourraient dans leurs jambes. Et le petit garçon de tout à l'heure tenait tête aux grands avec une vigueur réellement extraordinaire. Dans le cercle des mamans, on regardait cet enfant avec admiration, avec jalousie aussi, car c'était certainement le plus beau de cette réunion, avec un visage régulier, de grands yeux bleus, des cheveux d'un blond doré qui pendaient, naturellement frisés, jusque sur ses épaules.

Mais où donc était sa maman?

Entre les danses, il demeurait seul; personne ne l'appelait pour le caresser, pour arranger ses vêtements, pour essuyer ses joues échauffées et démêler ses longs cheveux qui s'embrouillaient. Et l'on ne comprenait pas que la mère d'un si bel enfant ne fût pas auprès de lui. Le bal s'achevait pourtant; on dansait une dernière polka. Et, quand elle fut achevée, tandis que les enfants, fatigués de plaisir, retournaient à leurs mères, le petit garçon demeura seul, au milieu du Casino, perdant son assurance, jetant des regards inquiets de tous côtés... Les employés s'étaient approchés, le directeur se baissait pour l'interroger...

Où était sa maman?... Ou son papa?... Il semblait ne pas bien comprendre, et son regard s'angoissait de plus en plus... Et il ne répondait rien. Alors, Paul Moreau, qui s'était glissé à la suite des employés, prit le petit garçon dans ses bras, et, après lui avoir doucement déposé un baiser sur le front, l'éleva au-dessus de sa tête, en demandant :

— A qui est ce beau bébé?

Toutes les conversations s'arrêtèrent. Et une même pensée traversa toutes les têtes : comment une mère pouvait-elle être assez imprudente pour laisser ainsi son petit?...

— Où est la maman de ce beau bébé?

Aucune voix ne répondit. Et, tandis qu'un employé courait vers la plage, on entourait l'enfant, on l'accablait de questions; il était tout effrayé maintenant et, serré contre Paul Moreau, avait l'air d'un oiseau un peu sauvage arraché de son nid.

Cependant le bruit s'était répandu sur la plage, de cet enfant perdu; et, de tous les points, la foule accourait vers le Casino. Et bientôt le maire arrivait lui aussi. Quand il fut près de l'enfant celui-ci s'était laissé un peu apprivoiser par Paul Moreau, qui l'interrogeait avec douceur. Mais il ne savait que répondre à tant de questions... Ses parents étaient-ils dans une villa ou dans un hôtel?... Ou bien n'étaient-ils pas venus aujourd'hui d'une plage voisine?... Et qui donc l'avait conduit au Casino?...

Il se décida à répondre à cette dernière question, dans son baragouinage mi-français mi-anglais; car, pour les autres questions, il ne savait pas. Non, ce n'était ni son père, ni sa mère qui l'avaient amené : l'idée de ses parents semblait d'ailleurs très vague dans son esprit. C'était un « homme » qui l'avait introduit dans le Casino. Quel homme? Il ne savait pas. Un homme bon, qui l'avait embrassé en pleurant. Comment était-il venu? — Dans une voiture. Et avant de monter en voiture? — Dans un bateau. Et avant ce bateau? — Il était chez des dames. Où? — Il ne savait pas... Et son papa, sa maman?...

Il ne se rappelait que très imparfaitement les avoir vus... Comment s'appelait-il? — Il répondit sans hésiter :

— *Darling!*

Ce qui, en anglais, signifie : mon chéri, trésor, amour, ces noms de tendresse qu'on donne si naturellement aux enfants. Et, comme le maire voulait lui prendre la main, il eut peur de cette figure grave qui essayait pourtant de se rendre bonne, et il se mit à pleurer. Bien certainement, il aurait préféré demeurer avec Paul Moreau; mais le maire avait déjà décidé de le prendre, de le garder chez lui, jusqu'au moment où l'on retrouverait ses parents... ou bien cet inconnu qui l'avait introduit dans le Casino.

— Allons, venez, mon petit ami.

Et il se laissa emmener, pleurant toujours, grandement intimidé par la foule qui l'accompagnait et qui grossissait à chaque pas. Car c'était devenu la seule affaire du Tréport; et baigneurs et pêcheurs s'amassaient sur le quai, sur le *musoir*, dans la grand'rue, devant la maison du maire. On trouvait très bien ce que faisait le maire; mais on ne s'en étonnait pas, le sachant très bon. Et bientôt, l'on apprit que le petit s'était laissé gentiment soigner par la fille du maire, qu'on le traitait comme un enfant de la maison, qu'on avait descendu un petit lit du grenier et qu'il serait là tout aussi bien, bien mieux même, que chez des parents qui avaient tout l'air de l'abandonner... Et l'on courait les hôtels, les villas, on avait expédié des exprès dans les villes environnantes. Et personne ne se présentait pour réclamer ce bel enfant...

IV

VOLÉ

Le lendemain, la fille du maire, éveillée avant le jour, attendait impatiemment le moment où elle embrasserait le bel enfant qui lui était confié. La veille, ç'avait été un bonheur charmant de le coucher, et le dorloter; car, une fois apprivoisé, c'était un amour de bébé. Elle l'avait installé dans une petite chambre contiguë à la sienne; et, si elle n'entrait pas encore, c'est qu'elle voulait lui laisser une longue nuit de repos. Cependant, comme vers huit heures il n'avait pas encore appelé, elle se décida et marcha doucement vers le petit lit; mais elle en avait à peine ouvert les rideaux qu'elle reculait épouvantée...

Le petit lit était vide; l'enfant avait disparu.

Toutefois, elle domina son trouble, essaya de se faire illusion; sans doute l'enfant était joueur; il avait dû l'entendre et se cachait.

— Voyons, mon chéri, pourquoi ne viens-tu pas m'embrasser ?

Et elle éprouva une véritable peine de ne pas recevoir de réponse : elle s'était déjà attachée à cet enfant... Et elle uretait par la chambre, ne pouvant croire à ce nouveau malheur; mais elle eut une défaillance en approchant de la fenêtre... Cette fenêtre, qu'elle-même avait soigneusement fermée la veille, elle la retrouvait *poussée* seulement. Le doute n'était plus possible : on s'était introduit, la nuit, dans la chambre, et on avait volé l'enfant.

Alors elle appela, éperdue, craignant les reproches, se croyant responsable; et bientôt le maire, M. Perrin, et les servantes de la maison accouraient; et, comme la nouvelle se répandait dans la rue, le premier adjoint qui habitait en face les rejoignait; puis ce fut le commissaire, puis le second adjoint; et, de minute en minute, une énorme foule se formait, grossissait, gênant le marché qui se tient autour de la vieille croix de pierre. Du marché, la nouvelle courut au port, à la jetée, sur la plage; et plage et port et jetée furent désertés en un clin d'œil; et on se massait devant la maison du maire pour attendre les résultats de l'enquête. Et il y avait un délicieux grouillement de petites têtes tout angoissées à la pensée que l'enfant de la veille avait été volé : des enfants qui disparaissent ainsi, on ne les revoit plus jamais!

Des esprits forts, des modernes, que cette histoire d'enfant volé faisait sourire, expliquaient bien plus simplement la chose : les parents de ce bébé avaient dû le perdre la veille; et, un peu honteux, sachant par les bruits de la ville qu'on l'avait recueilli chez le maire, ils étaient venus reprendre leur bien en cachette pour échapper à d'ennuyeuses explications. Et c'était beaucoup d'émotion pour pas grand'chose. Mais une heure ne s'était pas écoulée que des détails de l'enquête transpiraient, des détails qui ne permettaient plus de douter que l'enfant ne fût un enfant abandonné. Ses vêtements n'ayant pas été emportés par le ravisseur, on avait découvert, dans le doublure de sa petite blouse de velours noir, une enveloppe renfermant quarante billets de cinq mille francs. Cette somme de deux cent mille francs prouvait, jusqu'à l'évidence, l'intention de se débarrasser de cet enfant, qui devait gêner quelque grande famille.

Bientôt, des dépêches étaient lancées de tous côtés, donnant le signalement de l'enfant volé : le ravisseur ne pouvait être loin. Et, malgré cette solution momentanée, on ne quittait guère la petite place; et, de la croix de pierre au musoir, c'était un encombrement de Parisiens, de domestiques, de paysannes, de pêcheurs et de mareyeuses, tous contemplant la maison du maire comme s'il pouvait en sortir encore quelque nouvelle.

Un homme surtout, un grand diable à l'allure rude, qui était arrivé là l'un des premiers et qui se promenait de groupe en groupe, épiant les conversations, reportait sans cesse les yeux sur cette maison avec une étrange fixité. Plusieurs fois, des curieux lui avaient adressé la parole ; il n'avait répondu que par des gestes vagues. Il sentait bien que, s'il essayait de parler, les larmes étrangleraient sa voix. Car cet homme était Sulpice Karadeuc, le vieux marin, le malheureux exécuteur des volontés de la marquise.

Le visage contracté, la gorge pleine de sanglots, il serrait furtivement les poings dans ses poches. Et cette pensée s'accentuait dans son esprit simple et droit :

— J'aurais pas dû... non!... Par Jésus! j'aurais pas dû!

Et que faire maintenant? Quelle décision prendre?

En ce moment, une voiture couverte de bagages traversa le marché; et, comme elle était forcée de s'arrêter, le voyageur qu'elle conduisait se pencha à la portière. Karadeuc tressaillit; il avait reconnu l'escamoteur Paul Moreau, celui-là même qui avait demandé, la veille : « Où est la maman de ce beau bébé? » Ah! ben! oui, la maman!...

Paul Moreau, avisant l'agent qui surveillait le marché, l'interrogea sur la cause de cet encombrement; car l'escamoteur connaissait tout le monde dans le pays. L'agent s'approcha pour bavarder. Karadeuc n'était qu'à deux pas de la voiture.

— Comment, monsieur Moreau, s'écriait l'agent, vous ne savez pas?... Mais il n'est question que de cela dans le pays!...

Non. Paul Moreau ne savait pas : il était, depuis le matin, à ses bagages... Alors l'agent raconta le petit drame qui bouleversait toute la population. Et Paul Moreau semblait extraordinairement surpris. Comment!... Cet amour d'enfant, qu'il avait embrassé la veille? Disparu? Volé?

— Ah! vous auriez joliment mieux fait de l'escamoter, vous, hier! fit l'agent en souriant.

Karadeuc crut remarquer qu'en ce moment un nuage assombri passait sur les yeux du prestidigitateur. Mais Paul Moreau regarda sa montre.

— Diable! il faut que j'arrive à temps à Dieppe... En route, cocher!

La voiture repartit lentement, au milieu de la foule de ménagères...

Pourquoi Karadeuc la suivit-il? Quel sentiment secret le poussait à se rapprocher de ce Paul Moreau?... La voiture gravissait la rue, une vraie côte; et puis, ce serait encore une rude montée pour gagner la route de Dieppe. A chaque instant, Paul Moreau se penchait, jetant un regard en arrière. Il était trop habitué à lire sur les physionomies pour ne pas deviner que l'homme qui le suivait brûlait de lui parler.

— Cocher, cria-t-il, pressez-vous donc! nous n'arriverons pas à l'heure.

Karadeuc, en entendant l'ordre, pressa le pas aussi. Et, au moment où la voiture atteignait la grand'route de Dieppe, il avait réussi à la dépasser. Il se retourna, s'imaginant qu'il était décidé cette fois. « Vous qui voyez tant d'enfants, allait-il dire, vous retrouverez peut-être les traces de celui-ci... » Il n'avait pas songé à cette objection : « Mais de quoi vous mêlez-vous? » Faudrait-il avouer qui il était, nommer sa maîtresse respectée, trahir le terrible secret?... Et le cocher avait donné son coup de fouet, et la voiture disparaissait dans un tourbillon de poussière, que Karadeuc demeurait à la même place, bégayant avec des larmes :

— J'aurais pas dû... Non, non! j'aurais pas dû...

Il s'assit sur une motte gazonnée, de ce gazon que brûle le souffle de la mer; et il eut un moment de calme en contemplant l'horizon où se perdaient des voiles. Cela le fit penser à son bateau, sa chère *Anne-Marie*, laissée dans le port de Dieppe à la garde de son fils, et il partit.

Quand il arriva à Dieppe, des affiches lui apprirent que Paul Moreau donnait une représentation au Casino. Il y courut, machinalement, sans savoir pourquoi il le faisait. Mais là, des bandes blanches coupaient l'affiche : la représentation était remise. Paul Moreau avait assuré qu'une dépêche de sa femme le rappelait, et il était rentré à Paris.

Karadeuc, désespéré, alla retrouver son gars, qui dormait tranquillement sur le bateau. Il ne lui donna aucune explication. Et, le vent étant bon, ils appareillèrent à la marée.

V

IMPITOYABLE

Depuis le départ de Sulpice Karadeuc, la marquise passait ses jours et une partie des nuits sur le point le plus élevé du château, une terrasse d'où, par les temps clairs, on aperçoit Jersey. Mais comme, ce soir-là, il y avait un peu de brume, elle ne reconnut le bateau du vieux marin que lorsqu'il arriva à la jetée. Au même instant, sa servante de confiance, Jeanne-Marie, vint lui annoncer que la baronne de Kernizan demandait à la voir.

— Ma nièce! s'écria la marquise stupéfaite.

Une nièce éloignée, qu'elle n'avait guère aimée jusqu'alors et qui, de son côté, ne lui avait jamais manifesté beaucoup d'affection. Et elle éprouvait une impression curieuse, quelque chose de doux dans son cœur ulcéré : ses autres parents, des cousins, lui avaient bien écrit, mais des lettres maladroites... Aucun n'était venu la trouver; et pourtant, que de choses on peut se dire, en une heure, qu'on ne se dirait pas en dix ans de correspondance! Et cette petite-nièce accourait de Paris...

— L'avais-je donc mal jugée?

Elle se rendit au salon et fut très touchée de voir la baronne de Kernizan en grand deuil, le visage tout désolé...

La jeune femme se jeta à son cou :

— Ah! ma tante! il y a longtemps que je serais auprès de vous, si cela n'avait dépendu que de moi!

La marquise la serra contre son sein, s'abandonnant malgré elle à l'exquise douceur d'être consolée.

— Merci, chère enfant! balbutia-t-elle tout en larmes. Tu es bonne d'être ainsi venue à moi...

— J'ai voulu mêler ma douleur à la vôtre, parler avec vous de lui que j'aimais tant... Je me suis bien aperçue autrefois que vous me jugiez mal; mais j'ai un bon petit cœur, allez!

— Je le vois, dit doucement la marquise.

Puis, dominant son émotion :

— Ton affection me fait le plus grand bien; mais si tu veux m'éviter la plus cruelle des tortures, que jamais entre nous il ne soit question de celui qui a déshonoré notre famille !... Jamais, entends-tu bien !

— Dieu ! Que vous devez souffrir !... Mais n'allez-vous pas trouver une suprême consolation dans son enfant... dans votre petit-fils ?...

— Je n'en ai pas !... La famille des Tr... enec est morte... Et puisque tu as la bonté de t'intéresser à cet enfant, rassure-toi : j'ai fait les sacrifices nécessaires pour que son sort soit heureux... Mais je ne le connais plus ! Merci encore de ton affection !... Jeanne-Marie va t'installer ; nous nous retrouverons ce soir...

Et la marquise, toute fiévreuse, regagna son observatoire, après avoir ordonné qu'on lui envoyât Karadeuc dès qu'il se présenterait. Karadeuc atterrissait en ce moment. Elle le vit qui embrassait brièvement sa femme, puis qui se dirigeait, tout chancelant, vers le château. Elle fut si secouée qu'elle dut s'accrocher à la balustrade pour ne pas tomber en arrière.

— Il est seul ! prononça-t-elle avec une plainte lamentable.

Bientôt, Karadeuc montait, en se heurtant aux murs, l'étroit escalier de pierre. Il venait moins pour rendre compte de sa mission que pour savoir si la marquise avait maintenant un morceau de granit à la place de son cœur, si bon jadis !... Il avait préparé des phrases énergiques, mais demeura sans paroles quand il se trouva en face de cette femme qui se trouvait grandie, dépassant l'horizon, se projetant sur le ciel crépusculaire comme une apparition fantastique.

— C'est fait, madame, bégaya-t-il simplement.

— Où ?

— Au Tréport.

— Quand ?

— Il y a trois jours... pendant le bal d'enfants... Ah ! madame...

Les sanglots l'étouffaient...

— Allons ! pas d'émotion inutile !... Pourquoi as-tu choisi le Tréport ?

A cause d'un souvenir : une fois, la tempête soufflant du sud-ouest, il avait fui devant elle, avait réussi à pénétrer là ; et il avait gardé le souvenir d'une multitude d'enfants...

— Qui l'a recueilli ?

— Le maire... Un brave homme !

— Bien, fit la marquise.

Cela la soulageait un peu, diminuait son remords... Mais quelle secousse lorsque Karadeuc raconta la suite, l'enfant disparu, volé...

— J'avais pourtant passé la nuit sous les fenêtres du maire, madame!

— Et qui donc a osé?...

En ce moment, la marquise laissait parler son cœur. Des misérables peut-être, pour voler l'argent?... Non, puisqu'on n'avait même pas touché aux vêtements du petit! Quelqu'un qui voulait l'enfant, rien que l'enfant... Et Karadeuc ne s'en étonnait point. Est-ce qu'il était possible de le voir sans l'aimer?

— Moi, voyez-vous, madame la marquise, je l'ai dans le cœur, comme si c'était un des miens! Et tenez, écoutez un vieux brave homme : il faut le retrouver, ce chéri! Je m'en charge, je prendrai tout sur moi... Je dirai que j'étais allé le chercher à Jersey, que je l'ai perdu au Tréport et que je n'ai plus eu ma tête à moi... Ah! s'il était là, sur vos genoux, et qu'il vous fit de ces baisers, que ça vous traverse tout entier... Vous pleurez, morbleu! Vous m'écoutez enfin!

Elle avait eu la vision de son petit-fils lui passant les mains sur les joues et la ramenant au bonheur rien qu'avec ce mot : « Grand-mère! » Ah! comme elle avait eu raison de le chasser sans l'avoir vu! Elle fit un effort surhumain, sécha ses larmes; et, d'un ton rude :

— C'est bien, Sulpice! Rentre chez toi...

— Ainsi, bégaya Sulpice, c'est fini?... Ce petit, c'est d'autres qui l'auront?... Non! Dieu non! C'est pas possible!

— Sulpice! prononça la marquise avec hauteur, oublies-tu qui je suis et qui tu es?...

— Non, je n'oublie rien! Sans votre mari, je ne serais jamais devenu quartier-maître et j'aurais payé cher mes sottises de jeunesse... Et je vous appartiens comme j'appartenais à mon commandant! Mais, sur ma foi en sainte Anne, je vous le dis, je n'aurai plus le courage de vivre auprès du château avec un tel remords... Et auprès du cimetière!...

— Allons, va! ordonna un peu rudement la marquise.

Il s'enfuit, trébuchant dans l'escalier. Et il pleurait sur lui, maintenant; car il quitterait le pays, bien sûr! Et il bégayait :

— J'aurais pas dû!... Non, non! J'aurais pas dû!...

Il était si bouleversé qu'il ne vit pas une silhouette de femme s'écarter pour lui livrer passage.

La baronne de Kernizan, traîtreusement cachée derrière la porte de la terrasse, avait tout entendu.

— Tiendrais-je donc la victoire sans avoir même combattu?... murmurait-elle, avec un sinistre mouvement de joie.

Il s'assit sur une motte gazonnée, de ce gazon que brûle le souffle de la mer... (P. 20.)

Là-haut, la marquise était tombée à genoux, tordue par de longs sanglots, et balbutiait :

— Le sacrifice est accompli... Mon Dieu, appelez-moi!... Je suis prête à paraître devant vous!

Après quelques instants d'hésitation, la baronne de Kernizan se décida à aller rejoindre sa tante. Elle s'était déjà recomposé un visage navré; et, quand elle se pencha pour relever la douairière prosternée sur les dalles, elle sanglotait.

— Je vous en supplie, chère et bonne tante, ne vous cachez plus ainsi pour pleurer; je veux partager toutes vos douleurs... Allons, fit-elle en jouant admirablement l'affection, venez!

La marquise, avant de se laisser emmener par sa nièce, jeta un regard éperdu, dans la nuit, vers le cimetière. Et, comme la lune se levait, dissipant les brumes, elle aperçut une ombre agenouillée devant la pierre basse qui sert de porte au champ de mort de Trevenec... Le vieux Karadeuc était là, bégayant avec de longs sanglots :

— Pardon!... Pardon!... Pardon!...

DEUXIÈME PARTIE

I

LA CONQUÊTE DE TREVENEC

Quand il toucha à la porte et qu'on vit son bras se lever... (Page 28.)

Ce fut un gros événement, pour la population de Trevenec, que la perte du curé Cyprien Premorel qui, depuis un nombre infini d'années, baptisait, mariait et enterrait les habitants de ce joli village, composé à peu près exclusivement de pêcheurs. Les pêcheurs surtout ne pouvaient se consoler de sa mort; et leur chagrin n'était pas causé seulement par la disparition d'un pasteur aimé et vénéré : il s'y mêlait un petit sentiment d'égoïsme, fort inconscient d'ailleurs. La religion des pêcheurs de Trevenec se composait évidemment de religion, mais pas de religion toute seule; il y entrait, pour une bonne moitié, ce que les malins appellent des superstitions, mais de jolies superstitions aux allures de légendes, des croyances que les Conciles auraient sans doute désapprouvées, mais des croyances charmantes, douces, poétiques... Le curé Premorel connaissait toutes ces choses, étant du pays; et il les avait si bien enracinées dans le cœur, qu'après en avoir douté, durant son séjour au séminaire, il avait été plus que jamais touché de leur pénétrante vérité quand on lui avait confié les âmes de son village. Et ce fut une cruelle désillusion lorsqu'on apprit que le nouveau curé n'était pas même Breton, Roger Gaédain, un grand vieillard, qui arriva très peu de jours après la mort de l'ancien curé et qui déplut immédiatement à la population par des manières brusques, et une démarche crâne qui dénotait bien plus un ancien soldat qu'un serviteur de Dieu. On ne pouvait pas dire cependant qu'il eût un mauvais visage; mais il était trop énergique, le front haut, sans un cheveu, le nez droit, un peu mince, la bouche large, sévère, le menton carré, la mâchoire inférieure avançant, et les yeux gris, perçants, des yeux qui vous regardaient en dedans et ne s'adoucissaient que rarement.

Cependant, quand, le premier dimanche, il fit un court sermon, adossé à l'autel, sur l'éternel et beau sujet : « Aimez-vous les uns les autres ! » il produisit une meilleure impression : avec sa couronne de cheveux blancs, ses bras levés vers le ciel et son regard inspiré, il ressemblait aux vieux prêtres de jadis. Mais sa voix avait un ton de commandement qui surprenait, venant après les douces homélies du curé Premorel. Il disait : « Aimez-vous les uns les autres » comme il aurait crié : « Carguez la misaine ! » Et il expédia sa messe en huit minutes de moins que son prédécesseur, ce à quoi les gars ne trouvèrent rien à redire mais qui mit le comble à l'exaspération des vieilles Bretonnes. Les vêpres furent enlevées comme une charge de cavalerie, et on put danser vingt minutes plus tôt devant la vieille église de granit. Le nouveau curé passa au milieu des danseurs, les regarda avec bienveillance, puis alla se promener au bord de la mer.

Cependant, les esprits sages déclarèrent qu'il fallait attendre sa conduite au moment des élections, avant de le juger; car il tombait à Trevenec à l'ouverture d'une période électorale. Le village passerait-il à la République, comme le conseillaient les jeunes matelots qui revenaient de leur service à bord des navires de l'État, ou continuerait-il de voter pour les députés royalistes, selon le désir de la châtelaine de Trevenec? On consulta le curé avec toute sorte de circonlocutions. Il répondit simplement :

— Dieu n'a-t-il pas dit : « Rendez à César ce qui appartient à César? » Pourquoi Dieu serait-il l'ennemi de la République... si la République n'est pas l'ennemie de Dieu?

Cette réponse, phénoménale dans la bouche d'un curé de Trevenec, fut rapportée à l'évêché, où elle excita une grande colère; et on crut que le curé Gardain allait être déplacé comme un simple sous-préfet. Mais, après une correspondance échangée entre Paris et l'archevêché, les habitants de Trevenec apprirent qu'ils devaient s'accoutumer à leur nouveau pasteur, parce que lui se trouvait fort bien dans ce coin de Bretagne et qu'il était de ces gens « qu'on ne se permet pas de déplacer ».

Le curé, qui semblait d'ailleurs ignorer ces petites intrigues, quoiqu'il les connût dans leurs moindres détails, s'installait posément, en homme qui n'a pas l'intention de déménager de longtemps. Et cette installation causait de nouvelles surprises, les habitants de Trevenec ignorant les finesses du confort moderne et le nouveau curé les appréciant en délicat. Son mobilier était très simple; mais, comparé aux meubles délabrés du curé Premorel, il éveillait des idées extraordinaires de luxe. Le cabinet de toilette surtout choquait les bonnes âmes : un cabinet avec baignoire, appareil à douche et une cuvette de cristal bleu; c'était à s'en signer, de voir des inventions pareilles chez un homme du bon Dieu!... Puis une bibliothèque! Et, dans cette bibliothèque, un piano!...

Son installation terminée, le curé fit ses visites aux notables du pays : tous furent un peu intimidés, parce qu'il avait de grandes manières et une façon de parler aux femmes qui, pour manquer d'onction, n'en était que plus séduisante. Plusieurs lui demandèrent, avec des regards en dessous, s'il était déjà allé au château; il eut l'air de ne pas comprendre l'ironie de cette question. Non, il n'était pas encore allé au château : cette visite étant la plus éloignée, il la ferait en dernier. Et, comme s'il avait mis de la coquetterie à ne pas s'incliner devant la seigneuriale puissance de la vieille marquise, il ne se décida, en effet, à faire cette visite que lorsqu'il eut vu tous les petits de son village.

Cela se passa un dimanche, un beau dimanche bien clair, après les vêpres. Tout le village était assemblé sur la petite place, devant l'église, d'où l'on avait une excellente vue du château. Et l'on suivait le curé, qui avait pris le chemin le plus à pic, le long de la falaise, et ne semblant pas plus inquiet que lorsqu'il avait rendu visite à la plus pauvre femme de pêcheur. Il y eut un grand silence quand il toucha à la porte et qu'on vit son bras se lever. On s'imaginait entendre le bruit de la cloche, et l'on devinait Jeanne-Marie — toujours alerte malgré ses soixante-dix ans — courant pour prendre les ordres de sa maîtresse; elle allait ouvrir sûrement d'un air revêche, car elle n'avait laissé ignorer à personne que ce monsieur ne lui revenait pas. La porte s'ouvrit : il y eut une demi-minute de conversation; puis le curé reprit son chemin. Il n'avait pas même été reçu.

Chose inouïe, chose incroyable, que les pêcheurs de Trevenec ne pouvaient admettre, malgré l'évidence, la guerre était déclarée entre le château et le presbytère. Mais le curé n'en semblait pas ému : il rentra tranquillement chez lui, après avoir gracieusement salué au passage les jolies filles, qui, elles, commençaient à être en dessous de son parti; et, à la tombée de la nuit, il joua, sur son piano, des choses si douces, si tendres et rêveuses que des groupes s'étaient formés pour l'écouter. Et devina-t-il qu'il avait des auditeurs?... Mais, après les choses inconnues qu'il avait jouées, il fit entendre un air breton, un air écouté le matin tandis que les gars rangeaient les bateaux de pêche... Et cela causa une pénétrante émotion à ses paroissiens.

De longues semaines se passèrent sans amener de nouveaux incidents; les habitants de Trevenec essayaient de s'accoutumer à leur nouveau pasteur, mais sans pouvoir se résoudre à pactiser avec lui. Quant à la châtelaine, elle ne cachait pas son hostilité. Et le curé montrait une grande indifférence à toutes ces choses. Bienveillant, charitable, la bourse facilement ouverte — et une bourse extraordinairement garnie pour un curé de campagne — il se faisait, sans le chercher, une foule d'amis reconnaissants.

— Pourquoi ne vous mariez-vous donc pas? demandait-il aux amoureux qu'il rencontrait dans ses longues promenades.

Pourquoi? L'éternelle raison qui sépare les amoureux : l'opposition des parents pour cause de pauvreté. La chose s'était déjà présentée trois fois; et, les trois fois, elle avait été résolue de la même façon, par un voyage du curé à Saint-Malo et l'achat d'un bon bateau de pêche avec ses filets. Et comment lui prouver sa reconnaissance?... C'était bien simple :

— Quand vous prierez, vous songerez à ceux que j'ai perdus.

Mais il ne donnait jamais de plus longues explications sur les affections qui lui avaient été ravies.

Une nuit, il y eut un incendie; une cabane de pêcheurs était déjà en flammes, et tout le pâté semblait perdu. Les dévotes se pressaient au presbytère pour imposer au curé des prières qu'il ne connaissait certainement pas et que le curé Premorel n'aurait pas manqué de dire en semblable circonstance. Mais le curé Gardain n'était décidément pas du même bois que son prédécesseur; il osa bousculer les dévotes, en leur criant:

— Allez-vous-en donc prier à votre aise à l'église; voici la clef!

Et lui-même courut au feu. Les pêcheurs se lamentaient, perdant la tête; ils ne savaient pas lutter contre cet élément. Le curé les secoua.

— Est-ce que vous allez rester sans rien faire, sacrebleu?...

Et, en dix minutes, il avait organisé une chaîne; et, placé au premier rang, il attaquait le feu, pénétrant déjà dans la cabane, y portant des tonneaux d'eau, car on n'avait pas de pompe. Quand celle d'un village voisin arriva, on était maître de l'incendie. Les patrons de bateau serrèrent vigoureusement la main au curé, sans rien dire; mais leur poignée de main expliquait bien clairement, qu'à partir de ce jour eux aussi se mettaient de son parti.

Peu de temps après, le curé faisait cadeau d'une pompe à la commune, et la maison incendiée se relevait comme par enchantement. Et la dame du château, qui essayait de venir en aide aux sinistrés, apprenait qu'on les avait déjà secourus. Qui?... Une personne qu'on ne devait pas nommer, c'était rigoureusement défendu, mais dont il n'était que trop facile de deviner le nom.

Un mois plus tard, il y eut une forte tempête. Comme elle menaçait depuis deux jours, presque tous les bateaux étaient rentrés à temps. Un seul manquait, celui d'un patron avide qui n'avait pas voulu rater un dernier coup de filet parce que le poisson donnait bien. Il avait donc été en retard d'une marée sur les autres, et on supposait que, fuyant devant la tempête qui soufflait de l'ouest, il s'était réfugié du côté de Granville.

Cependant, la femme du patron et, avec elle, une demi-douzaine de femmes de matelots, passaient leur temps sur la jetée, que d'énormes paquets d'eau balayaient à chaque minute ; et elles se cramponnaient à la balustrade de bois, les yeux obstinément fixés sur la mer, que couvrait une brume épaisse. Et soudain, à trois ou quatre brasses de la jetée, le bateau apparut. Il était là depuis une heure sans qu'on l'eût aperçu, et il ne pouvait plus avancer : il avait perdu son foc et sa misaine, et son gouvernail ne manœuvrait plus.

Obéissant à l'usage, le curé, prévenu, revêtit son surplis, son étole ; et s'il ne sut pas prononcer les prières bretonnes que les femmes psalmodiaient d'une voix désespérée, il se rendit au-devant de la tempête, suppliant Dieu de sauver ces malheureux, tandis qu'on sortait le bateau de sauvetage de sa cabane et qu'on le glissait à la mer. La nuit tombait rapidement ; et, comme c'était l'heure de la marée, la tempête augmentait. Les vagues maintenant s'élevaient plus haut que le phare et brisaient avec un vacarme épouvantable ; on ne pouvait guère plus demeurer sur la jetée. Cependant, le canot de sauvetage passait du port dans le chenal, mais ne parvenait pas à gagner la haute mer. Et on entendit alors un cri de douleur : un des hommes avait eu son aviron broyé par une vague, et la poignée brisée s'était retournée contre lui, lui faisant une forte blessure au visage : il fallait le ramener à terre. Ce fut le curé qui prit le blessé, l'enleva vigoureusement, tandis que la houle remontait le canot au niveau du quai.

— Un autre ! demandait-on du bateau.

Cet autre, ce fut le curé qui, enlevant tout à coup ses vêtements sacerdotaux, sauta dans le canot de sauvetage et prit le nouvel aviron qu'on était allé chercher à la hâte.

— Allons mes gars, en avant ! ordonna-t-il.

En ce moment, Jeanne-Marie, la servante de la marquise, accourait, éplorée :

— M. le curé ?... Où est M. le curé ?... Madame la marquise se meurt !... Où est M. le curé ?

— Regarde ! lui répondit-on.

Le bateau passait enfin devant le phare : pendant quelques secondes, il fut éclairé d'un reflet rougeâtre... Et il était déjà dans la mer, et c'est à peine si on le distinguait, lorsqu'il montait sur le sommet des vagues. Bientôt il disparut dans ce noir immense, et une même angoisse tint tous ces hommes et toutes ces femmes haletants...

— Mon Dieu! bégayait Jeanne-Marie, s'il allait ne pas revenir?... Si madame mourait sans s'être confessée!...

Et elle tomba à genoux, adressant une prière intense à sainte Anne.

Une heure environ se passa; la tempête était dans toute son horreur, couvrant évidemment les appels des naufragés; et cependant on s'imaginait les entendre, au milieu de tous ces bruits formidables qui viennent de la haute mer.

— Ils sont perdus!... Il sont perdus...

Personne n'osait le dire; tout le monde le pensait. Cependant, un immense éclair montra le bateau en perdition, son grand mât brisé, et les hommes accrochés pour résister à la mort; puis tout retomba dans la nuit. On discuta alors, par phrases courtes : les uns affirmaient avoir aperçu le canot de sauvetage qui approchait, mais la plupart doutaient. Et les vieilles femmes murmuraient contre le curé qui avait abandonné ses prières : bien sûr, tout était perdu. Un autre éclair, suivi de la foudre, éclaira encore le lieu du drame, et un immense cri de douleur retentit. Plus rien! Plus de bateau de pêche!... Plus de canot de sauvetage... Et la mer avait été éclairée comme en plein jour... Était-ce donc fini? Jeanne-Marie, malgré tous les conseils, s'avança sur la jetée, cramponnée à la balustrade, les yeux furieusement fixés sur le vide, bégayant :

— Mon Dieu! mon Dieu!... Mais faites qu'il revienne!

Et soudain elle cria :

— Les voici!

— Allons donc! répliqua un vieux pêcheur.

Elle affirma les avoir vus par le travers du brise-lames. C'était vrai; mais, arrivés au port, ils ne pouvaient plus entrer : les bras exténués des rameurs n'avaient plus la force de lutter contre le flot. Après tant d'efforts, ils allaient peut-être échouer sur une bande de sable. Jeanne-Marie saisit la corde qu'on avait préparée pour les héler; et, roulée, bousculée par les paquets de mer, elle atteignit l'extrémité de la jetée. Comment ne fut-elle pas emportée?... Elle poussa un grand cri, jeta la corde qui alla tomber à un mètre du bateau. Pour prendre ce bout de corde, il fallut cinq minutes d'efforts surhumains; elle vit enfin le curé se pencher, tenu par deux marins.

Il avait pris la corde... Et alors, elle tira furieusement, et avec elle tous ceux qui pouvaient y mettre la main. Le canot pénétrait lentement dans le chenal. Lorsqu'il passa devant le calvaire, placé au commencement de la jetée, tous les hommes, d'un seul mouvement, levèrent le bras et firent le signe de la croix. Ils étaient sauvés... Pas tous, hélas! Le patron avait disparu ainsi qu'un mousse; et les autres naufragés étaient étendus au fond du canot, évanouis, mourants. La tempête grondait encore dans le petit port; on n'aborda que difficilement. Jeanne-Marie était au premier rang, guettant son curé; mais il ne sembla pas l'entendre lorsqu'elle formula sa demande en lui prenant le bras :

— Madame se meurt... Madame vous attend.

— Tout à l'heure, ma bonne femme!

Il était d'abord à ses naufragés, ne songeant même pas à enlever sa soutane trempée. Et il réconfortait tout son monde, envoyait chercher du vieil armagnac au presbytère, consolait la femme du patron, la mère du mousse. Et on le remerciait en pleurant; les vieilles dévotes lui baisaient les mains...

Il avait enfin accompli la conquête de Trevenec.

II

LA CONQUÊTE DU CHATEAU

Jeanne-Marie parvint enfin à s'emparer de lui au moment où il regagnait le presbytère. Tout le monde était soigné, consolé dans le village; il fallait bien qu'il s'occupât du château.

— Monsieur le curé. Il faut que vous veniez tout de suite!

— Au château ?

— Oui. Pour madame la marquise qui se meurt...

— Le temps de changer de soutane...

Eh! Aurait-il le temps d'enlever ses vêtements mouillés? Si madame allait mourir avant qu'on arrivât au château ?... Mourir sans être confessée !...

— Je vous assure que, si nous ne nous pressons pas, nous arriverons trop tard, monsieur le curé...

— Bien. Je vous suis.

Et il partit à grandes enjambées ; Jeanne-Marie avait du mal à le suivre, d'autant plus qu'elle voulait expliquer comment les choses étaient arrivées...

— C'est impossible, voyez-vous, quand il fait de l'orage, de l'arracher de cette terrasse. Et même elle y passerait toute sa vie, si on la laissait faire...

Le curé Gardain répondait par signes de tête. Oui, il connaissait bien et la terrasse et la silhouette de la vieille marquise, qui demeurait là, des journées, immobile, sévère comme une statue, à contempler la mer. Il connaissait tout le château, dont il avait fait cent fois le tour ; et s'il n'avait confié à personne l'ennui qu'il éprouvait de ne pas y être reçu, cet ennui n'en était pas moins grand.

Peu lui importaient les hôtes du château : il avait frayé avec des gens tout aussi illustres jadis. Ce qui le vexait, et d'une façon lancinante, comme une douleur aiguë qui revient chaque jour, c'était de se dire qu'il y avait là, à cinq cents mètres de sa maison, une vieille demeure, purement gothique, pas restaurée, conservée par les brises salines, semblable à ces jolies vieilles que l'âge a à peine touchées, et que cette demeure il n'y pénétrait pas. Or, il adorait les choses du passé, et quand il avait choisi Trevenec pour y terminer ses jours, il avait été séduit non seulement par le paysage, par la simplicité des habitants, mais aussi par ce château si coquettement planté face à la mer.

C'était bien la demeure rêvée qui correspondait à la délicatesse de son esprit : une jolie petite forteresse, simple, harmonieuse. Un seul corps de logis, percé de huit fenêtres à ogive, face à la mer ; à gauche, le donjon, la terrasse de la marquise, où, pendant bien longtemps, on avait allumé des feux : maintenant, les nouveaux phares qui émaillent toute la baie de Saint-Malo avaient rendu ces feux inutiles ; à droite, une seconde tourelle, moins haute, s'appuyant sur une plate-forme terminée par un ouvrage avancé qui surplombait la mer ; de ce côté, la mer contournait le château, creusant une petite anse profonde, où l'on trouvait encore deux mètres d'eau à marée basse ; un escalier, taillé dans le roc, permettait d'y descendre du château. Toute la partie qui faisait face à la mer était très belle de lignes, mais sans un ornement : le vent du large ne respecte pas les sculptures.

La façade donnant sur la terre était au contraire un vrai

bijou d'ornementation. Le curé Gardain avait pu l'examiner rapidement le jour où il avait essayé de faire visite à la marquise; et, quand il y pensait, son chagrin augmentait. Il fallait, pour y arriver, franchir un pont-levis : on avait creusé une douve au pied du rocher, et la mer se chargeait de la remplir. Deux tourelles trapues, un peu basses, défendaient jadis la porte; elles étaient maintenant complètement abandonnées, ainsi que le mur d'enceinte qui, en bien des endroits, menaçait de s'écrouler. Le pont-levis était toujours baissé, la porte des tourelles toujours ouverte, et les gamins venaient sans cesse s'amuser dans la prairie, semée de rochers, qui montait assez brusquement du premier mur d'enceinte à la haute muraille à mâchicoulis qui défendait la cour d'honneur. S'appuyant sur les tours de la mer, deux ailes venaient rejoindre cette muraille, formant un beau rectangle, avec le corps de logis en face, la chapelle à gauche et les communs à droite. A mi-chemin, de chaque côté de la porte, la muraille était flanquée de tours carrées qui dominaient tout le pays.

— Dieu sait dans quel état nous allons la trouver, s'exclamait Jeanne-Marie.

Et elle répétait sans cesse qu'elle avait vainement tenté d'arracher sa maîtresse de la terrasse, à la tombée de la nuit; elle n'avait pu obtenir que de la faire rentrer dans la guérite du veilleur de jadis, où elle avait un prie-Dieu et un livre d'Heures. La marquise était restée là, obstinément, parce qu'elle savait qu'un des bateaux de pêche n'était pas rentré : elle voulait attendre son retour.

— Et elle toussait, monsieur le curé !... Des secousses à lui briser la poitrine...

— Mais le médecin ne peut donc pas lui ordonner ?...

Ah ! oui, le médecin ! Est-ce qu'elle permettait seulement qu'on appelât un médecin ?... Et cependant l'hiver avait été rude pour elle : pour la première fois, sa santé si robuste avait semblé ébranlée. Elle avait refusé de soigner un gros rhume gagné sûrement sur cette maudite terrasse... Mais allez donc donner des conseils à une entêtée comme elle !... Il y avait bien la nièce de Mme la marquise, Mme la baronne de Kernizan, qui avait un peu d'influence sur elle; seulement, la baronne passait ses hivers à Nice ou à Cannes, et la marquise avait rigoureusement défendu qu'on la prévînt.

— Enfin, cette nuit, moi qui la guette toujours, j'ai entendu un cri étouffé; et, malgré sa défense, j'y suis allée, sur la terrasse, et je l'en ai arrachée. Elle ne pouvait plus respirer, monsieur le curé... Elle allait perdre connaissance...

— A-t-on envoyé chercher le médecin de Matignon?

— Eh! oui, sans qu'elle le sache; car, quand je le lui ai proposé, elle m'a dit : « C'est bien inutile; cours seulement chez M. le curé... » Elle n'en a pas dit plus long; mais c'est pour se confesser... Sûr!

Et l'idée de la confession de sa maîtresse troublait si profondément Jeanne-Marie que sa voix s'étranglait, tandis qu'elle répétait :

— Il faut, il faut qu'elle vous dise ce qu'elle a sur le cœur!

Et ils hâtaient le pas; et Jeanne-Marie n'en finissait pas de donner des détails sur le frisson qui avait pris sa maîtresse. Malgré des boules d'eau chaude tout le long de son corps, elle était encore glacée lorsqu'elle l'avait envoyée à la recherche du curé.

Ils étaient arrivés au pont-levis, gravissaient le chemin qui coupe en zigzags la prairie, pénétraient dans la cour d'honneur. Un homme attendait là avec une lanterne. Malgré la gravité de la situation, le curé Gardain ne put s'empêcher de jeter un coup d'œil amoureux vers les meneaux sculptés, la guirlande adorablement dentelée qui encadrait la porte.

— Madame veut te voir d'abord, dit le domestique à Jeanne-Marie.

Le curé fut laissé dans le vaste salon, à peine éclairé par une lampe qui se mourait.

Les portes, par lesquelles Jeanne-Marie avait passé, étant demeurées entr'ouvertes, il distinguait le murmure de deux voix, l'une faible, presque éteinte, l'autre énergique, furieuse. Et il devinait qu'au moment de se confier à un prêtre inconnu, la marquise reculait, et que Jeanne-Marie répliquait :

— Il est là!... Vous le verrez!

Bientôt la vieille servante reparaissait et faisait signe au prêtre.

— Je vous préviens qu'elle ne sera pas commode, lui dit-elle à l'oreille.

Il eut un geste d'assurance et pénétra tranquillement dans la chambre de la vieille marquise. La douairière s'était redressée sur son grand lit, dans lequel elle paraissait une petite chose sans importance; et son visage, d'une teinte de cire, était tout tremblant, et ses yeux pâles, pâles, se baissaient sous le regard ferme du prêtre. Ce dernier lui prit la main et prononça très doucement, avec presque de l'affection :

Il se rendit au-devant de la tempête. (Page 30.)

— Eh bien, madame ?

Pourquoi fut-elle si heureusement impressionnée ? Quel mystérieux lien se forma tout à coup entre son âme et celle du prêtre, de ce prêtre qu'e.. avait traité jusqu'alors avec tant de dédain ? Elle subissait le charme, comme tous ceux du village ; elle gardait la main de l'abbé Gardain dans la sionne et la serrait comme si c'eût été celle d'un ancien ami... Et cependant elle ne répondait rien à sa question. Il reprit :

— Vous voudrez bien m'excuser d'arriver un peu tard... J'étais avec mes pêcheurs; mais me voici à votre disposition... Votre servante m'a dit...

— Oui, c'est Jeanne-Marie qui a pris sur elle, bégaya la marquise, honteuse de son mensonge, d'aller vous avertir... Je vous remercie d'être venu...

La douairière s'était redressée sur son lit. (Page 35.)

— Comment vous sentez-vous ?

Elle était bien mieux : la nature, vigoureusement aidée, avait fini par triompher du mal; et, maintenant que l'idée de la mort ne la hantait plus, la confession, l'aveu de son secret lui semblait une chose impossible, insensée... Quand elle s'était sentie toute glacée avec l'impression du vide autour d'elle, elle n'avait eu que cette pensée : avouer, réparer !... Pouvait-elle paraître devant Dieu avec un tel poids sur la conscience ?... Mais, à mesure que la chaleur, que la vie, revenaient en elle, son entêtement de Bretonne reparaissait plus vivace que jamais, et l'idée de l'aveu s'éloignait, s'évanouissait... Car c'était le compromis qu'elle avait fait avec sa conscience : au moment de sa mort, elle avouerait... Mais jusque-là, rien ! Elle garderait ce secret qui la torturait ; elle resterait fidèle à l'engagement pris sur la tombe de son mari... Et ce qui la faisait le plus abominablement souffrir, c'est que, profondément religieuse, elle n'avait pu communier une fois depuis vingt ans, depuis le jour maudit...

— Je vois que votre servante s'était alarmée à tort, dit le prêtre qui analysait assez exactement ce qui se passait dans la tête de la marquise.

A quoi bon forcer à des confidences suprêmes une femme qu'il ne voyait plus en danger de mort ?

— Mais oui, répondit la marquise, se jetant avec joie sur l'excuse qu'on lui fournissait : cette Jeanne-Marie perd la tête quand il s'agit de moi.

Dès lors, toute idée de confession était définitivement écartée, et la conversation roula sur cette tempête, sur le bateau qui avait naufragé et les deux hommes qui avaient disparu.

— Encore des orphelins ! dit le prêtre.

— Que vous allez me voler, remarqua la marquise avec un aimable sourire : car je ne peux plus faire le bien dans mon pays : vous êtes au milieu de mes pêcheurs ; et, comme vous connaissez les infortunes avant moi, vous devancez ma charité... Je deviens inutile...

Le prêtre se récria : partout il retrouvait les traces de la bonté de la marquise... Mais elle :

— Je vous dis que vous me rendez inutile ; je succombe sous votre concurrence.

— Il est bien facile de cesser notre rivalité : associons-nous !

Si l'on eût dit, la veille, à la marquise, qu'elle accepterait cette idée comme naturelle !... Et cependant, elle répondit :

— Je vois bien qu'il me faudra dire oui, si je ne veux pas que vous me chassiez du cœur de ces braves gens. Allons, monsieur le curé, nous reparlerons de ces choses, demain ; il est temps que vous vous reposiez... Et je vais gronder Jeanne-Marie de vous avoir fait monter ici dans un semblable état : vous pourriez y gagner une fluxion de poitrine.

— Bah ! fit le prêtre avec un joli geste d'insouciance, ma vieille carcasse en a vu bien d'autres. A demain, madame.

La marquise sonnait, Jeanne-Marie accourut et fut tout

heureuse de voir le visage de sa maîtresse calme, reposé.

— Tu vas donner un manteau sec à M. le curé.

— Soyez donc tranquille, madame, fit Jeanne-Marie, en haussant un peu les épaules.

Comme si Madame avait besoin de lui faire de semblables recommandations! Est-ce qu'elle n'avait pas lu, tout de suite, dans ses yeux, l'impression bienfaisante produite par le prêtre? Est-ce qu'elle n'avait pas déjà compris que c'était un ami et qu'il avait désormais sa place au château?... Et non seulement elle lui donna un manteau sec, mais elle le força à enlever sa soutane, devant le feu gigantesque, dans l'antique et vaste cuisine. En vain le curé se débattait. Jeanne-Marie était douée d'un entêtement qui ne le cédait qu'à celui de sa patronne. Et puis, elle avait du remords d'avoir mal accueilli le curé à son arrivée au village. Elle réparait, elle aussi. Et elle lui servait un grand bol de bouillon, qui mitonnait depuis que le curé était avec la marquise. Et elle lui apportait une bouteille de bourgogne, une vénérable bouteille, du temps de M. le marquis, le mari de madame. Et M. le curé en avala un grand verre, sans sourciller, et le déclara exquis, quoique la vieillesse en eût fait un liquide parfaitement détestable. Enfin, malgré ses protestations, elle le reconduisit, non seulement jusqu'au pont-levis, mais jusqu'à la porte du presbytère. Et là, comme le prêtre lui tendait la main, elle s'en empara avec fougue et l'embrassa longuement. M. le curé Gardain comptait une amie de plus.

Le lendemain, dès qu'il eut dit sa messe, à laquelle toute la population avait assisté, le curé, à l'ébahissement général, monta au château et fut immédiatement reçu. Quelques vieilles, vieilles dévotes éprouvèrent encore des doutes sur la nature des maléfices qu'il avait dû employer pour en arriver là; mais il fallait s'incliner devant les faits: le curé allait régner au château comme au village.

Malgré la défense de Jeanne-Marie et du médecin, qui s'était décidé à venir le matin, la marquise était levée. Elle voulait recevoir son curé en châtelaine. C'était la première fois, depuis vingt ans, qu'on la voyait s'occuper sérieusement des soins de l'hospitalité. Le curé dut rester à déjeuner avec elle; puis, d'un pas tremblant, elle le mena par tout son château; et elle était très surprise de son érudition: il lui expliquait des choses dont elle avait à peine l'idée, il lui faisait l'histoire des constructions, lui disait l'âge du donjon, de la chapelle, lui démontrait que la façade de la mer était la plus ancienne, qu'on n'y avait pas touché depuis la première construction, tandis que celle de la terre avait été refaite à l'époque de transition...

— Mais vous devez aimer aussi les vieux manuscrits?...

Un joyeux éclair passa dans les yeux du curé. Des manuscrits!... Il y avait des manuscrits?...

— Tout ce qui concerne la famille de Trevenec est demeuré intact malgré la Révolution... Et si ces vieux parchemins vous intéressent vraiment, monsieur le curé...?

Il ne sut pas cacher sa joie et sortit de la réserve qu'il avait montrée jusqu'à ce moment: il avoua, en termes chaleureux, que, dans sa vieillesse et sa solitude, une fois ses devoirs de prêtre accomplis, il n'éprouvait de satisfaction qu'à étudier les choses d'autrefois.

— J'espère aussi, monsieur, dit très gravement la marquise, que vous en éprouverez aussi à venir ici?

Elle n'avait adressé semblables paroles à qui que ce fût depuis vingt ans. Le prêtre s'inclina sans répondre, mais avec un joli regard d'affection: leur amitié marchait à grands pas.

Cependant, avant d'accueillir définitivement son curé chez elle, la marquise crut sage de demander des renseignements sur lui à l'archevêque du diocèse. La réponse ne se fit pas attendre; elle arriva le lendemain, avec la mention: *confidentielle*, et sans signature.

« Nous avons eu récemment l'occasion de demander à Paris les renseignements que vous nous priez de prendre. Voici ce qui nous a été répondu: Le curé Gardain appartient à une excellente famille de la bourgeoisie parisienne; et, quoique âgé de soixante-dix ans, il n'est dans les Ordres que depuis une vingtaine d'années environ. Rien, dans sa vie, ne faisait prévoir sa tardive vocation. Officier de dragons, il menait l'existence à grandes guides, très mêlé au mouvement mondain, aussi souvent à Paris qu'à son régiment. Il était marié, et sa femme faisait partie de cette société élégante qui guerroyait dans les salons contre l'Empire, ce qui nuisait naturellement à son avancement : ils avaient une assez belle situation de fortune pour ne pas s'en inquiéter. Malheureusement, sa femme mourut à la suite d'une chute de cheval, peu de temps avant 1870 ; et il eut la douleur de voir son fils unique, un officier de grand avenir, frappé mortellement à la bataille de Rezonville. Il fit toute la campagne, se battant furieusement, vengeant son enfant ; mais l'armistice était à peine signé qu'il cherchait sa consolation en Dieu. Ses hautes relations l'avaient promptement fait nommer vicaire d'une importante paroisse à Paris ; et il semblait tout désigné pour arriver à une grande situation. Il a préféré, comme il l'a affirmé à diverses reprises, *s'enterrer* dans un bon petit village, au milieu de braves gens... »

III

UNE ENNEMIE

La belle saison était arrivée, on commençait à signaler des baigneurs sur les plages de Dinard, de Saint-Lunaire ; et le village de Trevenec se réjouissait. L'hiver n'avait pas été trop rude : à part la perte du dernier bateau, on n'avait eu à déplorer aucun naufrage, aucune mort ; les dévotes étaient bien forcées d'avouer que les prières, enlevées comme des charges, de leur nouveau curé, étaient tout aussi efficaces que les longues psalmodies bretonnes de son prédécesseur. On avait même d'excellentes nouvelles des gars du pays qui étaient embarqués sur les goélettes de Saint-Malo faisant la pêche de la morue en Islande : la morue avait bien donné ; bientôt, les goélettes passeraient au large du pays, pour aller vendre leurs provisions dans le golfe de Gascogne, et ensuite on les reverrait dans le port de Saint-Malo ; et ce serait le repos rudement gagné et le partage des bénéfices. Puis on ferait de petites pêches, sans danger, dans la baie même de Saint-Malo, aux alentours du phare du Grand-Jardin qu'affectionnent les bancs de maquereaux, et on irait vendre le poisson à la pierre des marchés ou à la porte même des villes. Les filles du pays se disposaient aussi à aller servir, à gagner quelques sous ; et l'on travaillait courageusement cette bonne terre légère qui produit les délicieux légumes dont les Parisiens sont si friands. Et ceux, bien rares, qui avaient des vaches, voyaient arriver, avec une joyeuse impatience, le moment où le beurre augmenterait.

Le curé Gardain pouvait donc se préoccuper un peu moins de son troupeau; et il avait facilement pris l'habitude de monter à peu près tous les jours au château. Et, s'il passait une journée sans venir, la marquise envoyait prendre de ses nouvelles. Une charmante amitié s'était formée entre ces deux vieillards, nuancée d'une très légère galanterie. En franchissant la porte du château, le curé oubliait un peu sa robe et se souvenait beaucoup qu'il avait été officier de dragons. La marquise, sevrée, depuis tant d'années, de tout hommage des hommes, se laissait aller au charme de sa conversation fine, élevée. Plusieurs fois, elle eut envie de lui poser des questions sur sa femme, sur son fils ; elle hésitait toujours. Le curé lui répondrait sans doute; mais, ensuite, n'aurait-il pas le droit de demander : « Et vous madame ? » Malgré l'amitié qu'elle éprouvait pour le prêtre, elle repoussait encore toute idée de confidence. « Elle était veuve et son fils était mort » : c'est tout ce qu'elle avait dit, c'est tout ce qu'elle dirait. Et cette pensée la reposait, qu'elle avait trouvé l'homme à qui elle ferait l'aveu au moment suprême... mais au moment suprême seulement.

D'ailleurs, le prêtre ne lui parlait jamais de confession : il avait une religion très large et croyait que le bon Dieu pardonne très facilement tous les péchés, pourvu qu'on ne soit pas méchant. Et il avait entièrement séduit la marquise, en lui parlant d'une histoire des Trevenec qu'il serait très facile de composer avec les documents de la bibliothèque. Oh ! rien de prétentieux, d'orgueilleux ! Un simple procès-verbal, avec les états de service de tant de marins, morts pour la plupart au service de la France. Puisque la famille s'éteindrait avec elle, c'était à elle de laisser un semblable monument.

Oh ! certes, l'idée l'avait touchée au cœur, et cependant elle avait eu l'air d'hésiter, elle avait répondu : « Nous verrons... Plus tard...» Et un nuage avait assombri son front.

Cette histoire des Trevenec, devrait-elle l'arrêter à son mari? Ou bien consentirait-elle à y faire figurer son fils, mais avec cette seule mention : « Né en... Mort en?... » Et elle était terriblement embarrassée : le curé ne connaissait évidemment pas la lamentable histoire de son fils... Faudrait-il donc se résoudre à la lui avouer?... Et alors, pourrait-elle s'arrêter?... Elle prévoyait l'épouvantable question : « Votre fils mourut donc sans laisser d'enfant?... »

Et c'était pour cela qu'elle répondait : « Plus tard, plus tard... Nous verrons... »

Or, un jour, le curé était seul dans la chapelle, en contemplation devant le plus beau des missels, lorsque la porte s'ouvrit derrière lui ; et la marquise entra, suivie d'une très jolie femme, et dit :

— Mon cher ami, je vous présente ma nièce, la baronne de Kernizan.

Avant même de s'être retourné, le curé Gardain fut désagréablement impressionné. Et pourtant, il savait que la baronne était attendue d'un jour à l'autre au château et qu'elle passerait la plus grande partie de l'été auprès de sa tante.

— Je suis profondément honoré, madame...

Il lui rendit sa poignée de main avec une nuance d'embarras; il ne pouvait dissiper l'impression fâcheuse que lui causait l'arrivée de cette jolie femme. Oh! bien jolie et d'une élégance extrême! si soignée, même en son simple costume de voyage de grosse étoffe anglaise, qu'elle ne semblait guère avoir dépassé la trentaine; et le curé savait qu'elle avait juste trente-huit ans. Et puis, il n'aimait rien de ce qui est faux, et il devinait, à son teint de brune, que la baronne de Kernizan ne devait qu'à sa coquetterie ses épais cheveux roux, frisant en un gros paquet sur le front et découvrant sa nuque un peu forte : c'est là seulement qu'on pouvait découvrir son âge, car rien ne saurait empêcher les attaches du cou de s'épaissir. Et il fallait un œil aussi exercé que celui du curé pour deviner à quel point le corset de la baronne la sanglait, l'étouffait. Son visage était une merveille de composition : la peau, délicate, d'un blanc à peine rosé, devait sa fraîcheur au masque empâté que la baronne portait toute la nuit comme les mignons d'Henri III; son nez, jadis flexible, avait grossi, mais les taches qui l'auraient déparé en étaient enlevées chaque jour avec un soin extrême ; les lèvres se seraient facilement estompées d'un duvet brun si elles n'avaient reçu de fréquentes applications de pommades spéciales. Les yeux étaient toujours très beaux, d'un vert sombre que traversaient des filets d'or. Elle ne souriait jamais trop vivement pour ne pas permettre à son visage de se plisser ; et elle ne riait pas. Sa taille, adorable, fine, ronde, n'était gâtée que par le développement de la poitrine, qu'augmentait encore la forme du corset trop droit, à la mode cette année-là. Ses mains avait légèrement épaissi, mais se fondaient dans le gant ; ses pieds étaient longs et étroits.

— J'espère, monsieur le curé, dit-elle en l'enveloppant d'un coquet regard, que vous me donnerez une petite place dans votre amitié ?

Il demeura silencieux, se contentant de faire un geste aimable. Il pressentait, à n'en pas douter, qu'il gênait cette femme : il la devinait menteuse, perfide ; et cela le troublait soudain, au milieu de son existence entourée de cœurs un peu rudes, mais si honnêtes !... Il se tira d'embarras en faisant une petite conférence sur les missels, sur les vieux papiers du château qu'il mettait en ordre ; la baronne semblait l'écouter avec un respectueux intérêt. Puis il prétexta une visite à faire, une vieille malade à voir, et s'en fut brusquement.

Il respira plus librement quand il ne fut plus dans l'atmosphère trop parfumée de la jolie femme ; et il essaya de lutter contre son impression.

— Evidemment, j'ai tort...

Il se répéta ce que la marquise lui avait exposé en lui annonçant la prochaine arrivée de sa nièce : la baronne de Kernizan était à peu près veuve, son mari ayant disparu depuis une quinzaine d'années et n'ayant jamais donné de ses nouvelles. Elle vivait donc seule, et de la façon la plus respectable, affirmait la marquise, entretenant correctement ses relations mondaines, passant six mois à Paris, deux à Nice ou à Cannes et venant, le reste de l'année, entourer la vieillesse de sa tante.

— Un peu écervelée, ajoutait la marquise, mais un cœur d'or...

Pas si écervelée que cela ! pensait le curé, depuis qu'il l'avait vue. Il avait trop vécu pour ne pas comprendre, au premier abord, les dessous de cette jolie femme. Et la respectabilité de la baronne lui paraissait bien improbable. Quant à l'affection dont elle faisait montre envers sa tante, elle s'expliquait par deux motifs, très sérieux l'un et l'autre : elle venait d'abord, et la chose était fort naturelle, surveiller son héritage; et, en second lieu, elle « se mettait au vert » comme un viveur qui s'établit, en pleine campagne, pour refaire sa bourse et sa santé.

Dès le lendemain, la conduite de la baronne confirmait les soupçons du curé. Elle se baigna longuement, costumée de la manière la plus provocante : elle nageait admirablement. Son bain terminé, elle fit une promenade de plusieurs kilomètres, d'un petit pas ferme, cadencé, comme un exercice. Au déjeuner auquel le curé avait été convié, elle mangea d'un solide appétit, mais fort peu de pain, et elle but à peine un verre d'eau de *Sultzmatt*.

— Demain, tu auras ton pain grillé, dit sa tante.

Et la marquise expliquait, d'un ton bienveillant, à son curé, que sa chère nièce souffrait de crampes d'estomac, que les médecins lui avaient ordonné le régime le plus sévère... Le vieux prêtre avait l'air de tout croire, mais il devinait le vrai motif du traitement : la baronne entendait ne pas se laisser envahir par l'embonpoint.

Et elle suivait son traitement avec une telle passion, faisant de l'exercice d'une manière si exagérée, qu'en une dizaine de jours, elle pouvait resserrer son corset. Au bout d'un mois, elle avait perdu six kilos. Elle se trouva sans doute à point; car elle relâcha un peu son régime et commença d'aller faire des visites sur les plages voisines.

— Cette enfant s'ennuie, disait la marquise, et c'est moi qui la force à aller prendre des distractions.

Le curé s'inclinait avec l'indifférence d'un homme à qui l'on parle de choses qui ne le regardent pas; mais, sans chercher, il fut bientôt fixé sur le genre de distraction que se donnait la baronne. — Roger Cardain avait jadis été un des plus beaux canotiers de la Seine; et, depuis son installation à Trevenec, il s'intéressait à peu près autant aux bateaux de pêche qu'aux vieux papiers de la marquise. On le voyait sans cesse sur le port, baragouinant un peu le breton, apprenant les termes de marine qu'il ne connaissait pas, aussi peu curé que possible, semblant ne pas entendre les jurons... Et, après avoir étudié quelques mois, il avait choisi la forme de son bateau à lui ; car c'était absurde de demeurer immobile devant cette belle mer ; et, plusieurs fois déjà, il n'avait pu résister à l'envie de partir avec ses pêcheurs. Et il attendait, avec une impatience d'enfant, le bateau qu'il s'était commandé à Saint-Malo. Le jour où le bateau fut prêt, Roger Gardain se rendit à Saint-Malo de grand matin, accompagné du père Leonnec, vieux loup de mer avec qui il ne craignait pas de fumer sa pipe lorsqu'ils allaient au large. Le père Leonnec déclara, avec admiration, que ce serait un rude bateau que celui-là et, qu'avec toute leur mâture, les Cancalais ne seraient pas fichus de le battre si on voulait le lui confier aux prochaines régates.

— On verra, dit le curé.

Et les deux hommes repartirent de Saint-Malo, à la pleine mer, avec vent arrière. Ils semblaient devoir arriver droit sur Trevenec. Mais au moment où ils passaient devant le phare du Grand-Jardin, le vent changea tout à coup, venant du sud ; et ils durent tirer des bordées. Ils approchèrent ainsi, sans l'avoir désiré, de l'île de Cézembre et aperçurent un canot à vapeur. Roger Gardain l'examina en connaisseur.

— J'aime mieux la voile, dit Leonnec ; mais ce sacré petit canot file à nous faire endiabler.

— Vous le connaissez, Leonnec ?

— Oui donc ! Il appartient au fils de M. de Montmorau...

— Un officier de marine, sans doute ?

— Oui donc ! comme le père : ils ont leur château de l'autre côté de Paramé, à Rothéneuf. C'est tous des mathurins, dans cette famille.

Et le vieux marin ajouta avec tristesse :

— Comme dans la nôtre autrefois... Et...

Mais le curé ne l'écoutait plus : il venait d'apercevoir, dans un coin de l'île, la baronne de Kornizan, se promenant, très tendrement appuyée sur le bras d'un enseigne de vaisseau. Il donna brusquement un coup de gouvernail.

— Il est temps de virer... Leonnec, votre voile !

Leonnec dut faire la manœuvre des voiles, et le bateau prit une nouvelle direction sans que la baronne eût été vue par lui. Dans sa bonté parfaite, Roger Gardain sauvegardait la réputation de la jolie femme ; mais il lui en voulait de se conduire légèrement à une si petite distance de Trevenec.

Il ne laissa d'ailleurs rien paraître de son antipathie; et, tant que la baronne demeura au château de Trevenec, il sut se montrer aimable, mais avec une nuance de timidité qu'il ne pouvait vaincre. Et la baronne, qui tout d'abord l'avait redouté, finit par le considérer comme un bon vieil original pas dangereux, et dont elle se servirait même, si jamais son héritage était menacé. Avec quelques aumônes, elle obtiendrait de lui ce qu'elle voudrait...

Ce manque de perspicacité fit commettre une imprudence à la baronne. Peu de temps avant son départ, elle se trouva un jour, comme par hasard, dans la pièce où le curé s'installait pour déchiffrer les vieux manuscrits. Elle était en train de feuilleter un missel, et Roger Gardain lui donnait très complaisamment toutes les indications qu'elle lui demandait. Puis, tout d'un coup, d'un air important :

— Monsieur le curé, vous ne devez voir en moi qu'une petite folle de Parisienne; et cependant je suis très sérieuse au fond...

Roger Gardain protestait déjà; elle l'interrompit :

— C'est que, toute folle que je paraisse, j'ai un grave conseil à vous donner.

— Je vous écoute, madame, dit le curé avec une parfaite humilité.

— Eh bien, sans vous en douter, vous faites beaucoup de peine à ma tante.

— Moi?

— Oui, vous, qui êtes si bon!... C'est que vous ne savez pas...

— Votre tante vous a dit?...

— Ma tante?... Elle n'a jamais parlé à qui que ce soit de ses chagrins; mais je devine si bien ce qui se passe dans son cœur!

— Expliquez-vous, madame.

— Eh bien, vous lui parlez sans cesse de cette histoire de sa famille; et vous ne réfléchissez pas un seul instant que, pour que cette histoire soit complète, il faudrait que vous parliez de son mari, de son fils... Et elle ne vous a jamais rien dit à leur sujet, n'est-ce pas?

— Jamais, madame.

— Et il en sera toujours ainsi; vous ne pourriez donc achever votre histoire. Mon oncle est mort, il y a près de quarante ans, dans un naufrage; mon cousin s'est suicidé, il y a environ une vingtaine d'années, dans... dans des circonstances particulièrement douloureuses... Comprenez-vous, maintenant, que ma tante ne puisse vous parler d'eux?...

Oh! bien jolie et d'une élégance extrême! (Page 43.)

— Madame, je vous promets de ne plus ouvrir la bouche sur ce sujet... à moins que votre tante ne me le demande elle-même.

Il avait été frappé tout d'abord par la justesse des observations de la baronne; et puis, elle avait mis à son plaidoyer un tel accent de vérité et d'affection qu'il en avait été heureusement impressionné.

La réflexion lui fit voir les choses différemment.

— Cette aimable petite Parisienne ne veut pas que je parle de son fils à cette malheureuse mère; elle a ses raisons pour cela... Lesquelles?...

Cela ne le regardait pas.

La baronne partit peu de jours après, complètement rassurée, et dit gravement à Roger Gardain :

— Je vous confie ma tante.

Ce nouvel isolement eut aussitôt des conséquences désastreuses pour la vieille marquise. Le calme dont elle avait joui,

En ce moment, le bateau de Karadeuc fuyait vers le nord. (Page 52.)

pendant le séjour de sa nièce, disparut bien vite, pour faire place à un état nerveux dont le curé s'alarma. Jeanne-Marie lui confia alors qu'il en était toujours ainsi après le départ de la baronne : sa nièce lui faisait momentanément oublier ses chagrins; mais quand elle se trouvait de nouveau seule avec ses souvenirs, elle était abominablement malheureuse. Très touché par le chagrin de la marquise, Roger Gardain entoura sa vieille amie d'une affection de plus en plus tendre, mais sans jamais essayer de provoquer la moindre confidence. Et cependant, il se disait parfois que l'aveu de ses douleurs serait

une bien douce consolation pour la pauvre femme, l'aveu de ses secrets surtout... Et il était si impressionné de voir son amie malheureuse qu'il ne retrouvait plus sa bonne gaieté que lorsque, parti avec Leonnec, il allait pêcher au large.

Or, un jour qu'il achevait de relever ses lignes, il vit Leonnec qui, se faisant un abat-jour de ses mains, regardait un bateau haut mâté qui passait sous le vent à quelques brasses.

— Hé, Sulpice! cria Leonnec.

Du bateau, on répondit :

— Tiens, c'est toi?

Et bientôt, ce bateau, changeant de direction, vint se ranger auprès de celui du curé. — Il était monté par un matelot, un mousse et le patron, vieux gaillard à l'allure sombre, qui demanda tout de suite :

— Comment qu'on va au pays?

Leonnec se préparait à donner longuement des nouvelles de Trevenec; mais le patron du bateau l'interrompit d'un geste; et, s'adressant à Roger Gardain :

— Seriez-vous pas le nouveau curé de Trevenec?

— Oui, mon brave.

— J'aurais alors d'une prière à vous adresser.

— Mais, d'abord, qui êtes-vous?

— Je m'appelle Sulpice Karadeuc, et Trevenec est mon pays.

IV

INDISCRET MALGRÉ SOI

— Tous les enfants de Trevenec sont mes enfants, dit le prêtre avec sa bienveillance habituelle. Parlez, mon brave.

Il devinait la requête à l'avance : évidemment quelque prière à dire sur la tombe de vieux parents. Il lui était déjà arrivé plusieurs fois de recevoir des demandes semblables. Cependant, d'aussi anciens souvenirs ne justifiaient pas l'émotion à laquelle le patron Karadeuc était en proie depuis qu'il se savait en face du curé de son village. Il fallut que Roger Gardain interrogeât de nouveau :

— Eh bien, mon brave ?

— Votre première messe libre sera pour tous ceux qui se sont appelés Karadeuc et qui dorment là-bas, dit gravement le vieux marin.

— Bien, mon ami.

Le patron Karadeuc ouvrait son porte-monnaie ; le prêtre l'arrêta d'un geste, tandis que Leonnec étouffait un gros rire... Comme si, avec cet ancien officier de dragons, plus riche que tout le village, de pauvres diables de pêcheurs allaient payer des messes ! Et il cria joyeusement :

— Offre-lui donc plutôt cette belle langouste !

Sans attendre la permission du curé, Karadeuc jeta une langouste et une belle barbue à ses pieds.

— Mais ce n'est pas tout, dit-il. Je voudrais aussi une prière pour Marie Leploven, qui est enterrée à gauche en entrant dans le cimetière.

— Une tombe abandonnée, je crois ? fit Roger Gardain.

— C'est qu'on ne la soigne que lorsque je rencontre quelqu'un du pays à la pêche et que je lui donne de l'argent pour acheter des fleurs.

— Mon brave, je vous promets un beau bouquet de roses.

— Ma foi, puisque vous êtes si encourageant, je vous demanderai encore autre chose : je me fais vieux, bien vieux, et si je navigue toujours, c'est que sans doute, la mer et moi, nous ne pouvons pas nous quitter. Et quand la mort arrivera, si ça ne se passe pas au milieu d'une tempête, eh bien, quoique j'habite Cherbourg, je voudrais bien qu'on me porte ici, dans mon bateau... Je l'ai dit à la vieille, et c'est une affaire réglée. Mais, si vous vouliez me promettre, qu'au lieu de m'attendre sur la jetée, vous viendrez au-devant de moi, en bateau, pour que rien ne m'arrive avant d'entrer dans le port ?...

Roger Gardain eut la bonté de ne pas sourire de cette crainte superstitieuse.

— C'est entendu ! déclara-t-il, en tendant la main à Karadeuc.

Ils purent à peine se donner une étreinte ; une grosse vague séparait déjà les deux bateaux.

— Allons, dit Karadeuc, il faut se quitter. Adieu, et merci.

Puis il cria quelques noms à Leonnec, des amis d'autrefois.

Mais, comme il allait donner un coup de gouvernail, Roger Gardain, pris d'une inspiration subite, demanda :

— Et pourquoi ne venez-vous pas un jour soigner vos tombes?... Un dimanche ?... Et revoir le pays ?...

Le visage de Karadeuc se couvrit d'une tristesse vraiment tragique.

— Ah ! pourquoi ?... fit-il. Pourquoi ?

Et il eut un geste désespéré. .

— Adieu, les amis, et merci !

Son bateau s'éloignait vivement. Le curé le regardait avec acuité, prodigieusement intéressé par cette rencontre. Jamais il n'avait mieux éprouvé le sens mystérieux des choses de Bretagne. Pourquoi ce vieux marin, qui adorait son village, l'avait-il quitté et habitait-il Cherbourg ? Pourquoi, si près de ses chères tombes, n'allait-il pas s'y agenouiller ? Pourquoi s'en remettait-il au hasard des rencontres en mer du soin de ses morts ? Quelque mystérieuse catastrophe l'avait donc éloigné de sa petite patrie, souvent aussi chérie que la grande ? Et que redoutait-il, qu'il ne voulait plus y entrer que mort et protégé, conduit par la main de Dieu ? En ce moment, le bateau de Karadeuc avait pris sa direction, fuyait vers le nord ; et le patron, une fois la manœuvre terminée, se retournait, les regards ardemment fixés sur Trevenec, mais non pas sur le village, à peu près caché dans son anse... Karadeuc contemplait le château, que le soleil couchant éclairait d'admirables lueurs. Et, sur la terrasse du château, il pouvait distinguer une petite silhouette : la marquise douairière, broyée par son éternel chagrin...

— Il est temps de virer, monsieur le curé, cria en ce moment Leonnec.

— Allons, répondit Roger Gardain avec un sentiment de regret.

Il serait volontiers resté là jusqu'au moment où le bateau de Karadeuc se serait perdu dans le crépuscule. Le soleil disparaissait assez rapidement derrière le cap Fréhel ; la mer avait encore des teintes rosées sillonnées par de longues traînées violettes, mais du côté de la pointe de la Varde une obscurité incertaine se développait rapidement et une buée blanche s'élevait, entourant de vapeurs légères tous les bateaux qui regagnaient Saint-Malo et Saint-Briac. Maintenant le château de Trevenec se découpait en une masse très noire, sur un fond orangé, semé de nuages longs et étroits, d'un rouge d'incendie. Le bateau de Roger Gardain regagnait péniblement le port, en tirant des bordées. Après un long silence, le curé demanda à son compagnon :

— Cette Marie Lepleven est donc une parente de Karadeuc ?

Le prêtre avait à peine posé cette question que Leonnec, occupé à lâcher les écoutes pour prendre plus de vent, se retournait tout effaré.

— Marie Lepleven ! Mais non ! C'était la femme du dernier marquis !

— Je ne comprends pas, mon ami...

Leonnec avait repris son travail et rougissait violemment. Quand il eut terminé sa besogne, il s'assit à l'avant du bateau, tranquille pour un quart d'heure, et prépara minutieusement sa courte pipe toute noire. Roger Gardain avait tiré, lui aussi, sa petite pipe de bruyère. Et, pendant toute cette bordée, ils fumèrent sans se dire une parole, se regardant à la dérobée. Mais, quand Leonnec eut fait une nouvelle manœuvre pour virer et que, de nouveau, il fut tranquille à l'avant du bateau, il secoua un peu nerveusement les cendres de sa pipe à la mer et dit, d'une voix sentencieuse :

— J'ai pas l'habitude de bavarder; mais enfin, un autre pourrait vous dire l'histoire et ne vous la dirait peut-être pas aussi véridiquement que moi... — Ainsi vous ignorez ce que c'est que cette Marie Lepleven ?

— Oui, mon ami.

Leonnec eut un grand geste de stupéfaction.

— Et vous allez à peu près tous les jours au château ?... Ça prouve que vous ne vous mêlez guère des affaires des autres ! Donc, cette Marie Lepleven était une orpheline ; son père, ses frères étaient morts à la mer, et le chagrin avait tué la mère. Elle était jolie, monsieur ! Ah ! jolie !... Il n'y avait pas un gars du village qui ne lui gardât une petite place dans son cœur. Tenez, moi qui aurais pu être son père, eh bien, ça me remuait quand elle me disait : « Eh ! bonjour, papa Leonnec ! » Et il ne manquait pas de famille qui l'eût prise, en attendant qu'elle se choisît un mari. Or, elle possédait un peu d'argent laissé par une tante ; et, comme elle avait de l'ambition, elle quitta le pays et s'en fut à Paris. Ça fit mauvais effet, je ne vous le cache pas, surtout au château, où pourtant on l'avait bien aimée jusqu'alors. Paris, on s'en défie toujours...

« Elle écrivait quelquefois: elle gagnait bien sa vie dans un magasin. Et elle envoya son portrait. Je l'ai vu, ce portrait... Eh bien, vous ne me croirez peut-être pas; mais elle était encore plus jolie que sous la coiffe de chez nous. Et puis, on l'oublia un peu; elle ne revenait jamais. Un gars, qui l'attendait presque, s'était décidé à se marier. Et puis ça éclata comme un coup de foudre : on annonça qu'elle avait été demandée en mariage par le marquis de Trevenec. Comment s'étaient-ils retrouvés à Paris? Comment avait-elle pu l'ensorceler, lui si riche, capitaine de frégate, décoré, qui aurait pu choisir entre les plus riches?... On a raconté toute espèce d'histoires là-dessus; et si vous interrogiez les vieilles de chez nous, elles vous en diraient jusqu'à demain. Moi je crois qu'elle l'aimait depuis qu'elle était toute petite et qu'elle faisait, tous les six mois, une neuvaine à sa patronne et les autres six mois à sainte Anne pour se faire aimer de lui... On vous dira qu'elle l'avait ensorcelé; mais, voyez-vous, quand un garçon et une fille sont pour s'aimer, rien, rien ne pourrait empêcher ça!

Roger Gardain approuva cette maxime pleine de sagesse, et Leonnec, ayant allumé une seconde pipe, continua :

— D'abord, on ne voulait pas y croire dans le village, on se moquait de ceux qui répétaient la nouvelle, d'après Jeanne-Marie. Mais, le dimanche suivant, quand la marquise arriva pour la messe, toute changée, bien vieillie de dix ans, les yeux gonflés, on ne douta plus. La nouvelle était vraie.

— Et la marquise refusait son consentement?...

— Parbleu! Et ça fut terrible... Il s'écoula bien un an ou deux avant que le mariage s'accomplît, et on dit qu'il y eut des scènes épouvantables entre la mère et le fils. Et, le jour où la mère s'écria que jamais, jamais elle n'accepterait une fille qui s'était certainement perdue à Paris... le fils partit pour ne plus revenir. Alors, monsieur le recteur, il se passa, devant les tribunaux, des choses que je ne suis pas capable de vous expliquer...

— Des actes respectueux?

— C'est bien possible, quoique ça soit un bien drôle de nom, pour une chose pareille. Toujours est-il que le marquis donna sa démission et qu'il épousa Marie Lepleven, et on n'entendit plus parler d'eux. On disait seulement qu'ils vivaient en Angleterre... quand, tout à coup, le bruit se répandit que le marquis, n'ayant plus d'argent, avait assassiné un de ses amis pour le voler...

— Oh! murmura le prêtre tout bouleversé.

— Moi aussi, monsieur le curé, je fus tout aussi étonné que vous l'êtes en ce moment, et bien d'autres comme moi! Nous le connaissions tous: un fameux marin, allez!...

— Mais dans quelles circonstances, cet assassinat...?

Leonnec interrompit le prêtre par des gestes désolés.

— A cette époque, monsieur, ce n'était pas comme aujourd'hui, où tout le monde lit son journal dans le pays. On ne voyait pas de journaux à Trevenec, et vous devez penser qu'on ne les laissait pas traîner au château. On ne savait donc que ce qu'on pouvait arracher à Jeanne-Marie, lorsqu'on lui portait des provisions. Tout ce que je puis vous dire, c'est que ça se jugea à Versailles...

— Mais le nom de cet ami assassiné?

Roger Gardain avait comme un souvenir très vague de ce procès. Leonnec chercha consciencieusement dans sa mémoire; puis :

— On me l'a bien dit; je ne m'en souviens plus.

— Et ça remonte à quelle époque?

— Dans les vingt ans?

Le prêtre eut un long soupir: vingt ans! L'époque où la perte de sa femme l'avait rendu à moitié fou: il n'était pas étonnant qu'il n'eût conservé qu'un souvenir très indécis d'un procès jugé à la même époque...

— Bref, monsieur le curé, on venait de le condamner, quand cette pauvre Marie Lepleven trouva moyen de le rejoindre... Et elle mourut dans ses bras, en pleine cour d'assises... On a dit encore des mots étonnants, une maladie qu'elle avait au cœur; mais croyez-moi: c'est tout bonnement le chagrin qui la tua.

— Et lui?

— Il se tua dans sa prison, comme on parlait de le mettre dans une maison de fous.

Roger Gardain jeta un regard effrayé vers le château, au-dessous duquel ils tiraient maintenant des bordées! Il comprenait enfin la vie de la marquise, son chagrin inconsolable!

La baronne ne l'avait pas trompé: il ne fallait jamais parler de son fils à cette mère si cruellement frappée.

— Et de ce mariage, il ne restait pas d'enfant?

La question embarrassa terriblement Leonnec; il répondit, d'un ton incertain :

— On l'a dit... Mais on dit tant de choses! Si c'était vrai, on l'aurait vu ici, cet enfant. Et puis, il fait si humide en Angleterre: s'ils ont eu un enfant, il doit être mort...

Roger Gardain était si préoccupé par ce récit, que Leonnec dut lui crier :

— Barre à tribord, monsieur le curé! Vous nous flanqueriez sur le brise-lames.

Ils étaient enfin dans le chenal, longeant la jetée, et des femmes, des gamins, des hommes, en train de nettoyer les filets, saluaient gaiement leur bon enfant de pasteur. Il leur répondit à peine; il était trop intrigué pour ne pas demander de plus amples explications:

— Mais Leonnec, cela m'explique pas pourquoi ce... Ka... Karadeuc m'a chargé de porter des fleurs sur la tombe de Marie Lepleven?

Leonnec se rapprocha pour parler à voix basse. Là-bas, en pleine mer, il n'avait pas craint de se déboutonner; mais, dans le village, il redevenait tout craintif: c'est que, ces choses, on n'en parlait jamais, comme si cela dût porter malheur de les dévoiler. Et il dit seulement, après s'être assuré que personne ne pouvait l'entendre:

— Karadeuc disparut du pays à la même époque: c'était l'ancien matelot du mari de la vieille marquise... Et il aimait celui qui s'est suicidé comme s'il eût été un de ses enfants... Et puis, on raconte aussi qu'il eut des raisons avec la vieille dame... Bref, il a dû être mêlé à bien des choses... Et sans doute ça lui faisait trop de chagrin de demeurer dans le pays...

La femme de Leonnec arrivait sur le quai pour savoir s'ils avaient fait bonne pêche. Le vieux matelot mit un doigt sur sa bouche en murmurant:

— Si la patronne savait que j'ai bavardé!

Le curé le rassura d'un geste; et ils débarquèrent. Il chargea Leonnec de distribuer la moitié du poisson à de pauvres femmes et lui donna le reste.

— Mais je vais vous porter la langouste et la barbue de... de l'autre?...

Il évitait, devant sa femme, de prononcer le nom de Karadeuc.

— Quel autre? interrogea madame Leonnec.

— Un camarade, qu'on a rencontré en mer.

Le curé, qui commettait assez souvent de petits péchés — certainement véniels — de gourmandise, mangea le soir même sa langouste avec un formidable appétit, tout en songeant à sa rencontre de la journée. Et, comme il avalait un verre d'Armagnac pour hâter sa digestion, il se dit :

— Ce n'est pas la langouste d'un méchant homme.

Dès le lendemain, il cueillait les dernières roses de son jardinet, en demandait même à son voisin, et se rendait au cimetière. Il alla droit à la tombe de Marie Lepleven, déposa les roses dans un vase qu'il avait apporté, fit une prière très courte, il ne les faisait jamais longues... Et, au moment où il se relevait, il fut tout secoué d'entendre la voix de la marquise :

— Que faites-vous donc là, mon ami?

Ce qu'il faisait là?

— Mais rien que de très naturel, madame.

Et il essayait de se montrer très calme, il souriait, de son bon sourire, prenait même un air un peu naïf. Il avait remarqué, assura-t-il, en faisant sa tournée dans le cimetière, que cette tombe était abandonnée; n'était-ce pas son rôle de soigner celles que l'on oublie? Cette Marie Lepleven n'avait certainement pas de parents dans les environs ; il ne connaissait pas ce nom... Et, du bout de son doigt, il épelait les lettres rongées par une mousse courte, verdâtre...

— C'est bien cela... Marie Lepleven...

Avec la date de naissance et celle de la mort, c'était tout. La marquise n'avait pas permis qu'on inscrivît le nom des Trevenec sur la tombe de la femme qu'elle n'avait pas reconnue comme sa fille. A l'époque où ces choses s'étaient passées, personne ne discutait ses volontés dans le village.

Roger Gardain pensait qu'il allait se tirer de ce mauvais pas avec son petit mensonge, un mensonge dont le bon Dieu, son bon Dieu à lui, ne lui garderait pas rancune. Mais la marquise demanda encore :

— Pourquoi est-ce aujourd'hui seulement que vous vous occupez de cette tombe?

Le curé ouvrit la bouche, mais demeura muet... Il ne pouvait cependant pas s'embarquer dans de nouveaux mensonges. Et puis, la marquise fixait sur lui un regard d'une acuité étrange; évidemment, elle voulait la vérité. Après un pénible silence, elle prononça avec un geste farouche :

— Cette Marie Lepleven fut la femme de mon fils. Et si sa tombe est abandonnée, c'est que telle est ma volonté. Cette femme me vola mon fils, fit de lui un... malheureux... Ne me demandez pas de vous en dire davantage! Je ne le pourrais pas... Et que nous n'en parlions plus jamais!... Je tiens seulement à vous déclarer que si j'exècre cette femme jusque dans la mort, c'est que j'en ai le droit!

— Je respecte vos secrets, madame, et comprends à quel point il est cruel d'éveiller de semblables souvenirs. C'est le hasard seul qui nous fait nous rencontrer ici ce matin; j'ai eu tort de ne pas vous voir... Et il ne m'arrivera plus, je vous le promets, de vous parler des malheurs qui ont brisé votre vie; mais n'ai-je pas aussi le droit de vous dire, devant cette tombe, qu'après tant d'années, votre colère pourrait s'apaiser, faire place au pardon?...

La marquise étendit solennellement la main sur la pierre :

— Jamais!

Roger Gardain n'était pas un fanatique. A quoi bon lutter contre une telle rancune? Si la marquise repoussait avec tant de violence l'idée du pardon, « c'est que l'heure n'était pas venue ». Il n'ajouta aucune remarque et suivit son amie qui sortait du cimetière. Ils marchèrent une centaine de mètres sans parler. Arrivés à un rocher planté à pic dans la mer, ils contemplèrent quelques instants l'horizon, qui était très doux, d'un bleu tendre enveloppé de vapeurs blanches. Étendant la main dans la direction du phare du Grand-Jardin, la marquise dit tout à coup :

— Vous étiez là quand vous l'avez rencontré hier?

— Qui? murmura Roger Gardain tout interdit.

— Celui qui vous a chargé de la commission que vous accomplissiez tout à l'heure. Je pouvais seulement distinguer vos deux embarcations et le nombre d'hommes; les visages m'échappaient. J'ai deviné, lorsque je vous ai vu sur cette tombe... C'était le vieux Karadeuc, n'est-ce pas?

— Oui, madame.

— Et que vous a-t-il dit?

Il prit le parti de raconter bravement leur conversation de bateau à bateau.

— Pourquoi ne vient-il donc pas lui-même? interrogea la marquise.

— Ah! Je le lui ai demandé; car j'ai été tout de suite frappé de voir que cet homme, qui aime sûrement son pays natal, n'ose plus y mettre les pieds... Il doit y avoir à cela des motifs bien puissants...

La marquise ne répondait pas; elle avait baissé les yeux et semblait gênée. Dès cet instant, Roger Gardain ne douta plus qu'il ne se fût passé des choses graves entre sa vieille amie et le marin.

— Et je vous avoue, madame, que ce Karadeuc m'a prodigieusement intéressé : ces caractères bretons, avec leurs superstitions, leur droiture, leur entêtement, me passionnent au plus haut point... Je ne l'ai vu qu'un instant, ce Karadeuc, mais je jurerais que ce n'est pas un homme ordinaire. J'aurais plaisir à faire amplement sa connaissance, à l'étudier...

La marquise jeta un regard inquiet au prêtre, cherchant à deviner le fond de sa pensée. Il continuait :

— Et si l'occasion se présentait d'aller à Cherbourg, je crois que je passerais chez ce brave homme pour lui serrer la main...

— S'il vous intéresse à ce point, fit la marquise, un peu ironique, vous pourriez le ramener à Trevenec?

— Si vous n'y voyez aucun empêchement, madame?

— Moi?...

Et la marquise eut un beau geste de dédain.

— En quoi voulez-vous que cela m'intéresse?...

V

LA FAMILLE KARADEUC

Le patron Karadeuc était rarement gai; mais il ne défendait pas aux autres de l'être. Et, son matelot et son mousse étant doués de joyeux caractères, il arrêtait rarement leurs rires ou leurs chansons.

On s'entendait d'ailleurs très bien sur ce bateau; et on s'y entendait encore mieux à l'époque où le mousse était le propre fils du patron, un gars superbe, le dernier-né, dont le père était peut-être un peu plus fier que de raison. Mais l'inscription maritime le lui avait enlevé, et il avait pris le fils

— Que faites-vous donc là, mon ami ? (Page 57.)

d'un voisin. Ce nouveau mousse, naviguant pour la première fois un peu au large, était tout yeux, tout oreilles, et il ne cessait d'interroger le matelot qui avait servi sur des cuirassés, puis dans la marine marchande, qui avait parcouru bien des pays et contait sur eux des histoires extraordinaires.

On ne pouvait jamais savoir si le patron écoutait : son regard était toujours vague, il n'ajoutait jamais un mot à la conversation, lui qui en avait pourtant vu peut-être plus que son matelot. Quand on pêchait, il ne manifestait ni plaisir ni mécontentement : et, si l'on avait commis quelque maladresse, il ne grondait que très modérément. Si le gros temps menaçait, il prenait ses précautions avec un calme serein, comme s'il n'avait rien eu à redouter des tempêtes. Et il

Il était déjà dans les bras de son Silvestre. (Page 65.)

demeurait aussi tranquille, aussi taciturne au milieu de l'orage que par les temps les plus doux. Il arrivait cependant que son visage se renfrognait encore plus, tout d'un coup, sans motif plausible. Par un accord tacite, le matelot et le mousse cessaient alors leurs chansons et leurs plaisanteries pour quelques heures : ils savaient que le patron était plus fortement travaillé que de coutume par son idée fixe ; et si joyeux Bas-Normands qu'ils fussent, ils respectaient l'idée fixe du vieux Breton. Et, quoiqu'il n'en soufflât jamais mot, ils avaient fini par la connaître, cette idée : le patron s'ennuyait de son pays.

Cela se voyait de reste quand le vent soufflait du nord et que le bateau était tout naturellement porté vers la baie de Saint-Malo. Le visage du patron ne devenait pas joyeux, mais il était moins triste. On ne faisait rien alors pour rester dans les parages de Cherbourg ou même de Granville. On se laissait emporter jusqu'à ce que le cap Fréhel se dressât à l'horizon. Et on se mettait à pêcher. Il n'aurait pas fallu contredire le patron qui prétendait que le poisson de la baie ne ressemble pas aux autres. Et on allait le vendre à Saint-Malo. Jamais on ne descendait à Dinard, quoique le marché y fût plus avantageux qu'à Saint-Malo : le vieux Karadeuc n'abordait jamais de ce côté de la baie.

Il lui arrivait de rencontrer des pays sur le quai de Saint-Malo et de causer du village ; mais c'est en mer surtout qu'il aimait ces rencontres. Il perdait souvent une heure ou deux pour rejoindre une embarcation de Trevenec. Et alors s'engageait une longue conversation, toujours la même : des nouvelles du pays : Un tel s'était marié... Tel autre était parti pour le service... Des vieux étaient morts, fauchés par le vent d'ouest... Il disait un bonjour pour ceux qu'il aimait, il envoyait du poisson à de vieilles amies de sa femme. Puis il s'éloignait, rasséréné, après un long regard au château. Quand on lui disait que la dame de là-haut était triste, triste, il répondait :

— Ça se comprend... Ça ne s'oublie jamais...

Ah ! certes non ! ça ne s'oubliait pas ! Il avait bien essayé d'arracher ces maudits souvenirs de son cœur... Autant s'arracher le cœur lui-même !... Et c'est à toutes ces choses que songeait le patron Karadeuc, quand son mousse et son matelot le voyaient si sombre. Et cela l'avait repris plus fortement après sa conversation avec le curé. Cependant, on pêcha toute la nuit ; et, le lendemain, on alla vendre le poisson à Saint-Malo. Puis, le vent étant bon, Karadeuc décida de revenir à Cherbourg.

Pourquoi avait-il choisi Cherbourg, quand il s'était agi de s'expatrier de Trevenec ?... Il avait hésité entre Cherbourg et Granville : il voulait quitter la Bretagne, mais ne pas trop s'éloigner de Trevenec. Cherbourg l'avait emporté, parce que, à Cherbourg, il y a l'arsenal et que, dans les bassins de cet arsenal, on conserve les vieilles carcasses des navires de jadis. Et le sien justement, celui commandé par le mari de la marquise, était là : une frégate à peu près rongée par l'humidité. Le dimanche, il allait la voir souvent, son Sylvestre à la main, et il contait au petit les histoires de ses voyages.

C'était sa consolation que ce Sylvestre. Il avait bien une demi-douzaine d'autres enfants, des gars, des filles... Tout cela avait quitté depuis longtemps le nid, s'était marié, avait fait des enfants, de si nombreuses nichées qu'il y en avait souvent trois ou quatre à se faire gâter par la grand'mère à Cherbourg. Karadeuc les aimait bien et leur confectionnait de petits bateaux et leur distribuait à chaque trimestre sa pension de quartier-maître; mais son grand amour était pour Sylvestre. Ce Sylvestre était venu au monde doux et aimant : un cœur de femme tendre dans un corps de colosse; car il était vraiment superbe, taillé comme une statue antique, la poitrine large, un peu proéminente, les membres admirablement proportionnés, et une petite tête de fille sur laquelle sa moustache roulée faisait le plus drôle d'effet. Il avait la peau brune, les yeux et les cheveux d'un noir de jais, et une expression douce, naïve...

— Celui-là, avait annoncé Mme Karadeuc, durant toute son enfance, tu n'en feras pas un matelot! Ah non, alors!

Et Karadeuc croyait bien, en effet, qu'il était trop fille pour cela! Mais Silvestre ne s'avisa-t-il pas, à huit ans, de se cacher sur le bateau de son père qui partait pour la pêche?...

— Moi aussi, déclara-t-il, je veux aller à la mé!

Et ils ne se quittèrent plus.

Sylvestre consentait bien à fréquenter l'école; mais, dès qu'il était libre, il courait au port pour retrouver son père. A quatorze ans, plus d'école, heureusement! Rien ne pouvait plus séparer le vieux père et le jeune gars. Et il s'écoula plusieurs années très douces pour Karadeuc : à cette époque, le souvenir de Trevenec ne l'abandonnait certes pas, mais le tenaillait bien moins. Il n'était responsable de rien, en somme : il n'avait fait qu'obéir. Et il se laissait aller au bonheur de posséder un fils qui était son ami. Car ils vivaient comme deux amis, sans se dire cependant beaucoup de paroles de tendresse; ils étaient au bout de leur rouleau quand ils avaient crié avec un petit sourire :

— Eh! le gars...

— Eh! le père...

Mais enfin ils ne faisaient qu'un, se comprenaient au regard pour la manœuvre... Aussi, quel chagrin quand l'âge était venu de se séparer! Il avait fallu se dire adieu, voir le gars s'embarquer sur un cuirassé... Et, depuis, des nouvelles de loin en loin! Des lettres d'une foule de pays... Si, du moins, il avait fait partie de l'escadre de la Manche!...

Or, deux jours après, comme le bateau de Karadeuc doublait le cap de la Hogue, on aperçut, très loin, une masse noire qui filait vers Cherbourg.

— C'est-il sur un comme ça qu'est votre fils, monsieur Karadeuc? interrogea le mousse.

Karadeuc s'était vivement redressé: et, se faisant un abat-jour de ses mains, il essayait de deviner quel genre de navire passait là-bas, si posant que, malgré un temps un peu rude, les mâts n'avaient pas la plus légère déviation. Mais il filait à toute vapeur et bientôt ne fut plus qu'une tache.

— Oui, ça doit être sur un comme ça qu'est mon gars; seulement, il est dans la Méditerranée, lui.

Et Karadec eut un mélancolique sourire.

Le soir, ils arrivaient à Cherbourg; et, au moment où ils entraient dans le bassin du Commerce, Karadeuc entendit un appel qui le remua tout entier.

— Eh! le père?...

Hein?... Son gars était là?... Avait-il bien entendu?...

Quelquefois, on s'imagine entendre tant de choses au milieu des bruits de la mer!... Et il oubliait la manœuvre, pour regarder au milieu des ombres qui bordaient le quai — la promenade instinctive des hommes de mer, qui n'ont pas plutôt quitté leur bateau qu'ils reviennent faire un tour dans les environs. Ah! quel coup d'émotion! C'était bien lui, son Sylvestre, se dandinant, en suivant la marche du bateau de pêche, et demandant déjà :

— Qué qu'tas pêché?

— Ça va, ça va, un bon coup... Mais c'est-il bien possible que ça soit toi?...

— Eh oui, c'est moi!

Il n'en revenait pas, le pauvre père! Quelle surprise après cette lettre où Sylvestre annonçait qu'on ne le verrait peut-être pas avant un an!... Mais ça ne l'étonnait pas, pourtant : des tours à son Sylvestre!

— Sacré mioche, va!

Et le père oubliait complètement la barre; il fallut que son matelot passât derrière en le bousculant. Le bateau longeait le quai, et le père, debout, n'était séparé que par quelques mètres de son fils, qui se penchait pour causer; et ils ne se disaient rien. Et soudain, Karadeuc crut encore qu'il avait mal vu; sûrement, les reverbères se moquaient de lui...

— Qué qu'tas donc à la manche, mon gars?

Car enfin, si ses vieux yeux ne le trompaient pas, c'était bien deux barres rouges qu'il apercevait au bas de la manche de son fils.

— Mais oui, père, je les ai. On va te conter ça.

Les galons du quartier-maître!... Déjà?... Et lui qui, jadis, avait mis près de trois ans à les gagner!...

— Ah! ce Sylvestre!

Le bateau abordait enfin, contre un autre bateau qui était déjà à quai. Karadeuc l'eut vite enjambé, laissant à son matelot le soin de décharger le poisson pour le vendre le lendemain. Et il était dans les bras de son Sylvestre qui avait descendu l'escalier. Et il avait toutes sortes de choses à lui demander, là, tout de suite; et il n'en disait aucune, tellement il était bouleversé. Son fils, quartier-maître!

Ils étaient remontés sur le quai et filaient à la maison.

— Tu as déjà vu la mère?

Oui, il avait vu la bonne vieille, qui avait failli se trouver mal en l'embrassant, puis qui avait gémi tout de suite contre son homme, qui s'obstinait à s'en aller risquer sa vie en mer, quand il lui aurait été si facile de ramasser de l'argent, dans la rade même, ne fût-ce qu'à conduire les étrangers à la digue.

— Bon! bon! interrompit Karadeuc avec un gros rire, c'est sa marotte.

Et alors deux bons gros baisers à sa vieille mère, et Silvestre était revenu sur le port, s'imaginant bien que son père arriverait à la marée.

Et ils marchaient, se tenant par le bras, balancés dans le même dandinement. Et Karadeuc regrettait qu'il ne fît pas jour, que tous les amis qu'on rencontrait ne vissent pas les galons rouges de son gars. Cependant, deux camarades de Sylvestre les arrêtèrent en face du pont de fer; et on alla boire un verre pour arroser ces beaux galons. Ils arrivèrent enfin devant la petite boutique de fruiterie, qu'en femme vaillante et en grand'mère prévoyante Mme Karadeuc tenait, depuis leur installation à Cherbourg.

Elle était d'une humeur massacrante, Mme Karadeuc; c'était comme un fait exprès : la boutique ne désemplissait pas, elle avait à peine pu allumer son fourneau depuis une heure, et le fricot n'était pas encore cuit.

— Enfin ! c'est heureux que tu consentes à revenir ! cria-t-elle.

Et elle n'embrassait même pas son homme, qui s'avançait bien gentiment vers elle.

D'habitude, lorsqu'elle grognait, au retour de ses expéditions en mer, il lui criait : « Silence, hein ! » Et il l'apaisait en lui donnant l'argent de sa pêche; puis, il s'asseyait, dans son coin en hiver, devant la porte en été, et il allumait sa pipe. Mais, ce jour-là, il éclata de rire :

— Allons, femme! Te fâche pas! Tu laisserais brûler le dîner !

Elle courut à son fourneau, secouant son corps tassé de vieille, souleva le couvercle de ses casseroles :

— Tu vas bien manger, va, mon Sylvestre !

Et elle se brûlait pour goûter, puis mettait vivement le couvert, tout en bougonnant :

— Si ce n'est pas une absurdité de s'en aller pour des huit jours, quand il serait si bien ici !... Mais dis-le-lui donc, Sylvestre... Encore aujourd'hui, sur le port, il y avait trois familles d'Anglais qui ne trouvaient pas de bateau pour aller à la digue.

Karadeuc souriait en clignant de l'œil, et la vieille bougonnait encore :

— Oui, oui, moque-toi ! Tu te moqueras encore de moi quand tu auras chaviré en pleine mer !... Allons, bon, vous verrez que ça ne cessera pas...

On marchait dans la boutique; il lui fallait quitter son fricot pour vendre deux sous d'oseille. Et Karadeuc haussait les épaules en disant à son gars :

— Non, mais me vois-tu, moi, promenant des Anglais?

Et Sylvestre approuvait, timidement, pour que sa mère ne l'accusât pas de prendre parti contre elle; mais au fond, il comprenait son père! Et il avait même la nostalgie de ces bonnes excursions au large, les grands coups de chalut sous le vent...

— Si tu veux, dit le père, demain nous pourrions aller du côté de la Hogue?...

Sylvestre secoua la tête. Il n'avait pas de congé : une simple permission, parce qu'il était de Cherbourg. Quelques officiers étaient descendus à terre, il les avait accompagnés : et ce soir même, il retournait à bord. Mme Karadeuc tomba accablée sur une chaise... Comment!... Rien qu'un soir?

— Mais il y en aura peut-être d'autres, mère?

Et il expliqua le motif de son voyage. Son navire avait été désigné pour le Tonkin; mais, auparavant, il était venu à Cherbourg pour chercher des torpilleurs et deux canonnières, qu'il devrait convoyer.

— Parbleu! s'écria Karadeuc, tout goguenard, ça ne sera jamais capable de tenir la mer, leurs sacrés moucherons!

Le vieux marin était un adversaire révolu des torpilleurs. Il n'aurait pas sans doute été capable de donner des motifs plausibles de son hostilité; mais il n'aimait pas les torpilleurs.

— Toutes ces nouveautés, ça ne mènera à rien du tout! Pour défendre les côtes, je ne dis pas; mais, pour voyager!... Allons donc!... Et puis, si j'étais capitaine d'un gros navire, est-ce que j'en aurais peur, de ces moucherons?... Est-ce que je les laisserais seulement approcher!...

Sylvestre fit la grimace, car cela l'ennuyait de contredire le père; et pourtant, il ne pouvait pas l'approuver.

— Qu'est-ce que tu en dis, mon gars?...

— Sûr, dit Sylvestre, qu'on est comme qui dirait rudement secoué dessus...

— T'as donc navigué sur un torpilleur?...

Et Karadeuc frappa un grand coup sur la table, où Mme Karadeuc déposait une soupe extraordinairement parfumée. Sylvestre attendit que son père fût à moitié de sa potée, pour dire :

— Je dois faire partie de l'équipage d'un des torpilleurs qu'on vient chercher ici.

— Ah! prononça Karadeuc, avalant sa soupe de travers.

Cela le vexait, évidemment. Et il le fut encore plus quand Sylvestre raconta qu'il avait gagné ses galons à la suite d'expériences faites par des torpilleurs dans la rade de Toulon. Il avait si bien compris la manœuvre, si bien exécuté tous les ordres, que son capitaine l'avait félicité devant tout l'équipage.

— Alors, c'est différent.

Dès le moment que Sylvestre devait ses galons à un torpilleur, l'hostilité du père diminuait; mais l'enthousiasme de son fils pour ces mauvais sabots lui coupait l'appétit. Ils achevèrent leur repas sans trop bavarder. Puis, Sylvestre tira de sa poche une belle pipe, qu'il apportait au père, de Marseille, ainsi que des gravures coloriées de plusieurs navires et des ports qu'il avait visités. Il avait déjà donné à sa mère une boîte à ouvrage et des paquets d'aiguilles superfines achetées à un matelot anglais, et la mère lui avait remis immédiatement un sou pour que leur affection ne courût pas de danger. Karadeuc bourra sa pipe, puis contempla les images. Il faut avoir connu de vieux marins pour comprendre la joie qu'ils éprouvent à revoir, dans de grossières reproductions, les lieux qu'ils ont visités jadis : il reconnaissait bien Toulon, le Mourillon, les deux rades, puis Marseille et son port endiablé, bordé de ces « sacrées petites ruelles... ».

— Hein, Sylvestre ? fit-il avec un regard joyeux, tandis que sa mère rangeait sa vaisselle, puis passait dans sa boutique.

Sylvestre était devenu très rouge, au souvenir des petites ruelles de Marseille.

— Bah ! bah ! fit le père en riant, quand on lâche les matelots, on sait bien qu'ils ne peuvent pas tout le temps monter à Notre-Dame de la Garde... Et toujours pas de marée, dans leur Méditerranée ?...

Non, évidemment, ça n'avait pas changé. Et Karadeuc n'avait jamais pu comprendre cette mer qui ne vit pas, qui jamais ne s'éloigne des côtes, qu'on n'a jamais le plaisir de voir revenir avec ses bordures de varech. Une drôle de mer, dont il n'aurait jamais pu s'accommoder.

— Allons, petit, il va être l'heure de regagner le quai.

Et la mère et le père accompagnèrent leur enfant ; et, une fois au quai, il courut, il était un peu en retard. Ils le distinguèrent vaguement qui sautait dans une baleinière. Et ils rentrèrent lentement chez eux, attristés d'avoir été si vite séparés de lui, mais fièrement contents tout de même !

VI

LE TORPILLEUR

Le vieux Karadeuc brossait, depuis le matin, son plus bel équipement, un costume de cheviot bleu parfaitement civil, mais qui sentait son marin d'une lieue. Il y avait une sacrée tache que Mme Karadeuc prétendait avoir déjà enlevée à la benzine, mais que le vieux pêcheur s'obstinait à voir encore sous les poils de l'étoffe.

— Tu l'useras, à force de le brosser, lui criait sa femme, dès que les clients lui laissaient un instant de répit.

Mais il haussait les épaules. Pouvait-il paraître, lui, un ancien quartier-maître, avec des taches, devant le capitaine de son fils? Car son gars l'avait prévenu, la veille, que s'il parvenait à entrer dans l'arsenal et à gagner le bassin des torpilleurs, il pourrait voir non seulement l'un des torpilleurs qu'on allait envoyer à Toulon et de là au Tonkin, mais les officiers qui commanderaient ces torpilleurs.

Il avait fait raser sa moustache et lavé son collier de barbe grise. Et sa femme le plaisantait.

— Comme si t'allais à un rendez-vous!... Et encore tu n'y entreras peut-être pas dans leur arsenal!...

Il souriait en dessous.

Enfin, après un court déjeuner avalé de travers, il partait, en avance de deux heures, en bourlinguant le long des quais. Des amis s'étonnèrent de ne pas le voir à la pêche. A la pêche? Non; pas tant qu'on apercevait, du côté de la digue, le beau cuirassé sur lequel son fils était venu. Et, arrêté au pied de la statue de Napoléon Ier, il contemplait la rade, barrée par cette digue gigantesque qui semble une chose si simple, et devant la digue, l'escadre de la Manche, six gros cuirassés, un croiseur, un aviso. Et il soulevait les épaules; en l'absence de son fils, il avait le courage de ses opinions : jamais un torpilleur ne viendrait à bout de ces monstres. Il était pourtant gêné par une comparaison que lui avait décochée son gars, au milieu d'une discussion :

— Suppose un petit serpent de rien, qui vous fait une piqûre grande comme l'ongle... Et vous êtes fini!

Il distinguait des mouvements à bord de l'escadre, des

baleinières qu'on descendait, et les hommes, l'aviron en l'air, attendant les officiers; puis ces officiers descendirent à leur tour, et les baleinières se dirigèrent vers l'arsenal. Karadeuc continua vivement son chemin et arriva à la Majorité, au moment où l'enseigne de service arrivait dans le bureau spécial, où l'on donne les permissions de visite. La chance favorisait Karadeuc : il connaissait l'enseigne, un Parisien gourmand de crevettes roses, à qui il avait vendu quelquefois sa récolte de « bouquet ».

— Tiens, fit l'enseigne, vous voilà en grande tenue ! Vous devez pourtant le connaître, vous, l'arsenal ?

Karadeuc eut un gros rire : c'était pas pour l'arsenal, mais pour le gars qui faisait partie de l'équipage des torpilleurs ; et il avait pensé qu'on lui permettrait bien de lui serrer la main en passant ?

— Arrangez-vous, dit l'enseigne à voix basse en lui remettant sa permission de visite ; vous savez qu'il faut suivre l'itinéraire et qu'on n'a pas le droit d'aller au bassin des torpilleurs ?

Pas le droit ?... Eh bien ! on le prend, voilà tout. Et il n'était pas dans l'arsenal depuis dix minutes qu'il faussait compagnie à la bande de visiteurs, dont il faisait partie, et qu'il n'avait pas l'air d'entendre le mathurin, dirigeant la visite, qui lui criait furieux :

— Mais où allez-vous donc, animal ? C'est défendu !

Il avait déjà disparu derrière la coque d'un cuirassé en construction ; et il rencontrait un ami, un employé de l'arsenal, à qui il expliquait son cas, en lui affirmant que l'enseigne de la Majorité lui avait donné l'autorisation de vive voix. L'ami le conduisit au bassin des torpilleurs où il se perdit dans un groupe de marins ; personne ne faisait plus attention à lui.

Il aperçut son fils, debout sur le pont arrondi du torpilleur 54 ; et pour qu'on ne remarquât rien, ils se saluèrent seulement d'un coup d'œil. Quelques instants après, les baleinières parties de l'escadre pénétraient dans le bassin ; et plusieurs officiers descendaient sur le quai. Des ingénieurs, le sous-directeur de l'arsenal et d'autres officiers les attendaient.

En ce moment, un lieutenant de vaisseau et un enseigne de 1re classe parurent sur le pont du torpilleur 55 et sur celui du 56. Et Karadeuc eut à peine vu l'enseigne qu'il faillit tomber à la renverse. Il était heureusement près d'un de ces anciens canons, plantés en terre, qui servent d'amarre; il s'y appuya en bégayant :

— Dieu de Dieu! Est-ce que je perds la boule ?...

Il lui avait semblé soudain voir se dresser devant lui le dernier marquis de Trevenec, le malheureux suicidé qui dormait là-bas dans le cimetière du petit village, séparé de sa femme... Et il se serait abandonné à son émotion, si un marin ne lui avait demandé :

— Eh bien? Qu'est-ce qu'il y a, père Karadeuc?

Il balbutia qu'il avait trébuché et parvint à se calmer. Et bientôt même il souriait de son émoi. Est-ce que tous les officiers de marine n'ont pas entre eux un air de ressemblance qui ferait croire qu'ils sont de la même famille? Et celui-ci avait des côtés spéciaux qui rappelaient étrangement Jean-Louis de Trevenec. Voilà tout. — Comme lui, il était sorti le premier de l'Ecole navale; comme lui, il était parvenu presque immédiatement au grade d'enseigne; comme lui, enfin, il était choisi pour accomplir des missions supérieures à son grade : le commandement des torpilleurs n'est, en effet, confié qu'à des lieutenants de vaisseau.

Car le vieux Karadeuc connaissait très bien l'histoire de cet enseigne-là : Sylvestre la lui avait contée avec autant de fierté que s'il eût parlé d'un frère. Et Karadeuc ne s'en était point étonné : lui-même, jadis, parlait ainsi du marquis de Trevenec. Un seule chose gênait Karadeuc, c'est que cet enseigne, nommé Gilbert Morel, était un Parisien et que jamais il n'y avait eu de marins dans sa famille. Et pourtant quelle allure de marin il avait! Pas trop grand, la taille souple, les membres élégants et solides...

— Vois-tu, père, avait dit Sylvestre, il a des poignets, c'est tout nerfs...

Et quelle crâne figure d'homme de mer! Les traits fermes, accusés, qui auraient été durs sans sa carnation de blond, hâlée par le vent, et sans ses cheveux tout fins et frisés. Le nez droit, le front large et haut, la bouche un peu grande, le menton carré, les yeux bien ouverts, d'un bleu tendre, de ces yeux qui vous devinent le temps qu'il va faire, rien qu'à jeter un regard vers le ciel... Comment un tel marin avait-il pu pousser dans une famille de commerçants parisiens? Karadeuc ne se l'expliquait pas, parce qu'il a des choses qu'il n'est pas possible d'expliquer.

Cependant, les officiers et les ingénieurs s'embarquaient, les uns sur les torpilleurs, les autres sur un large canot à vapeur : tous allaient assister aux dernières manœuvres, aux dernières expériences que feraient les deux torpilleurs avant de quitter Cherbourg, — une simple formalité; car ils étaient définitivement admis depuis quelques mois et déjà désignés pour prendre part à l'expédition du Tonkin.

L'enseigne de service arrivait.
(Page 70.)

Le 54 avait embarqué ses passagers et traversait le bassin. Karadeuc ne voyait plus son fils que de dos. Il regarda alors le 56; et son visage se contracta légèrement. Il murmura d'une voix amère :

— Philippe de Montmoran!

Le nom du lieutenant de vaisseau qui commandait le second torpilleur. Il ne pouvait s'empêcher de reconnaître que le lieutenant de Montmoran était un aussi beau marin que Gilbert Morel; mais il lui était impossible d'aimer un membre de cette famille. Ce n'était pas la faute de la famille de Montmoran, ce n'était pas la faute de Karadeuc. Il ne les aimait pas, et voilà tout! Des choses anciennes, dont il n'aurait pas fallu lui demander l'explication, car il n'aurait rien répondu, et cela l'eût mis en grande colère...

Et il était vexé que son gars lui eût parlé à peu près avec autant d'admiration de Philippe de Montmoran que de Gilbert Morel.

C'est que Philippe de Montmoran était particulièrement aimé, non seulement pour sa bonté mais pour l'indulgence et la gentillesse dont il assaisonnait sa bonté. Un mélange de Breton et de gamin de Paris.

Par son père, il descendait d'une très ancienne et très illustre race de marins bretons; mais sa mère était la plus aimable, la plus douce, la plus séduisante Parisienne qu'on pût rêver. A son père, il avait pris sa haute taille, sa force, son indomptable énergie; à sa mère l'affinement de son grand corps de Breton, la capricieuse élégance de tous ses gestes et cette jolie petite tête mate, aux yeux bruns, aux traits menus, aux fins cheveux châtains, une tête qui avait déjà bien des conquêtes à se reprocher.

— Eh bien! eh bien! murmura l'amiral.
(Page 75.)

En ce moment, ses hommes souriaient de voir avec quel plaisir il prenait possession de son torpilleur : ils clignaient de l'œil entre eux et soignaient particulièrement bien la manœuvre. Car on savait que le lieutenant Philippe de Montmoran manifestait toujours sa satisfaction d'une manière pratique. — A bord du 54, commandé par l'enseigne Gilbert Morel, on servait plus sérieusement peut-être; mais on n'en était pas moins heureux pour cela.

Bientôt les deux torpilleurs eurent quitté l'arsenal : ils se dirigeaient, maintenant, accompagnés d'une demi-douzaine d'embarcations, vers l'escadre rangée le long de la digue. Le

vieux Karadeuc n'avait plus besoin de s'enfermer dans ce bassin, où la vue d'une quinzaine de torpilleurs, allongés à quai comme d'énormes cigares, lui donnait des frissons d'agacement. « Sacrés sabots ! »

Il était heureusement aussi roublard que connu ; et, d'ailleurs, pour que personne ne le remarquât, il plia son chapeau dans sa poche, et, tête nue, malgré un fichu vent d'ouest, gagna les batteries, d'où l'on découvre toute la rade. Il était admirablement placé pour suivre les manœuvres des torpilleurs. Le 54 et le 56 naviguaient en ce moment de conserve, piquant droit sur le ponton d'où l'on juge la justesse des cours ; bientôt ils allaient l'atteindre, placer leur torpille, puis faire machine en arrière...

En ce moment, Karadeuc fut tout bouleversé d'entendre des voix auprès de lui ; il s'enfonça un peu plus dans un créneau, puis regarda en arrière avec précaution.

— Pas de chance ! murmura-t-il, tout dépité. C'est donc écrit que je dois voir toute la famille aujourd'hui ?

Un des principaux employés de l'arsenal arrivait le premier, en disant :

— Par ici, monsieur l'amiral, on sera très bien.

— Dépêchez-vous donc, mesdames, disait l'amiral, en sautant sur le talus, ou ce sera terminé.

— Oh ! voilà, voilà ! crièrent des voix de jeunes filles.

— Mais vous allez tomber, remarquait une voix plus douce, la voix d'une maman.

Les jeunes filles ne l'écoutaient pas : elles grimpaient et couraient au rempart, tandis que l'amiral et l'employé donnaient la main à une jeune femme très élégante et à une coquette vieille maman. Et quand tout le monde fut installé, la maman demanda :

— Mais où sont-ils ?

— Là ! Devant vous, ma chère amie.

— Eh bien, vous êtes heureux de pouvoir les distinguer ; moi, avec mon lorgnon et ma lorgnette, je ne vois rien du tout... Vraiment, mon ami, sans le moindre verre sur vous yeux, vous distinguez les torpilleurs ?...

— Mais oui, répondit l'amiral avec un charmant sourire, vous savez bien que j'ai toujours mes yeux de vingt ans... Je n'ai plus que cela, hélas !... Permettez-moi, chère amie, de mettre votre lorgnette au point.

Et l'amiral s'occupait de sa femme avec une délicieuse galanterie, et elle le remerciait d'un coquet sourire.

— Mon ami, dit-elle en reprenant sa lorgnette, je vous trouve toujours plus aimable que jamais... Ah! enfin, je les aperçois... Philippe est à droite... Je le reconnais, parce qu'il est plus grand que son ami...

— Quel ami, madame? questionna la jeune femme.

L'amiral répondit, sa femme n'ayant pas la mémoire des noms :

— L'enseigne qui commande le second torpilleur...

— Tiens! Je croyais qu'il fallait être lieutenant pour commander un torpilleur de ce rang?

— En effet; mais ce jeune homme est, paraît-il, un officier du plus grand avenir : c'est, du moins, ce que Philippe nous disait dans ses dernières lettres.

— Et il se nomme?

— Il se nomme... Il se...

L'amiral hésitait.

— Allons bon, fit sa femme : ma mauvaise mémoire qui déteint sur vous.

— Je vieillis, déclara l'amiral avec bonne grâce; mais ces jeunes filles... Voyons, mesdemoiselles?...

Les jeunes filles n'écoutaient rien de ce qui se passait auprès d'elles : leurs regards, leur esprit étaient là-bas, sur ces deux petites embarcations, qui se confondaient presque avec la mer, grise ce jour-là. Il fallut que l'amiral tapât légèrement sur l'épaule de l'une d'elles :

— Madeleine, te rappelles-tu le nom de ce nouvel ami de Philippe?

— Oui, mon oncle : M. Gilbert Morel.

L'autre jeune fille s'était retournée et dit gravement :

— Mon frère l'aime beaucoup.

Les torpilleurs arrivaient sur le ponton.

— C'est fait, dit l'amiral, ils ont placé leur torpille.

La manœuvre avait été brillamment exécutée. Mais en ce moment l'amiral faisait la grimace :

— Eh bien! eh bien! murmurait-il.

Karadeuc, tapi dans son créneau, souriait tout joyeux, lui. C'est que, une fois leur torpille placée, les deux torpilleurs avaient exécuté le mouvement de machine en arrière;

mais seul le 54 l'avait réussi. Le 56 demeurait accroché au ponton.

— Mon Dieu! s'écrièrent les trois femmes, comme si Philippe de Montmoran courait un danger réel.

Cela ne dura que l'espace de quelques secondes ; déjà le torpilleur 56 se dégageait et revenait en arrière.

— Mais, mon ami, demanda Mme de Montmoran, que serait-il arrivé si Philippe avait lancé une vraie torpille sur un vrai navire de guerre?

Les deux jeunes filles s'étaient rapprochées, toutes tremblantes, de l'amiral.

— Ce sont les risques de la guerre, répliqua-t-il en dominant assez bien l'émotion que lui-même avait ressentie. Ce qui vient d'arriver à Philippe peut arriver au meilleur officier.

— Mais si on n'a pas le temps de se retirer avant que la torpille ait éclaté? balbutia Madeleine tout angoissée.

L'amiral répondit par un geste vers le ciel. L'employé de l'arsenal s'empressa de dire qu'on étudiait de nouveaux types avec des tubes lance-torpilles qui permettraient d'envoyer la torpille à distance.

— En attendant, dit avec un triste sourire Mme de Montmoran, c'est là-dessus que mon fils va partir pour le Tonkin. Oh! ces familles de marins, ce n'est bon qu'à briser le cœur des mères.

— Que voulez-vous, ma chère amie, Philippe n'a pas que du sang de Parisienne dans les veines!

— Eh! je ne le sais que trop, dit Mme de Montmoran toute frémissante : j'ai passé le commencement et le milieu de ma vie à trembler pour vous; et maintenant que j'aurais bien mérité le repos, je ne cesse de trembler pour mon fils. Allons! fit-elle en élevant sa lorgnette, les voilà qui recommencent.

Cette fois, les deux torpilleurs exécutèrent également bien la manœuvre; puis ils retournèrent vers l'arsenal. L'amiral et sa famille regagnèrent le bassin des torpilleurs pour les attendre.

Karadeuc avait quitté sa cachette et suivait à distance en se frottant les mains. Certes, il avait le cœur trop hautement placé pour souhaiter du mal à Philippe de Montmoran, et il aurait exposé sa vie pour lui sans hésiter, parce que, entre gens de mer, cela se doit... Mais il était ravi de la petite mésaventure qui lui était arrivée. Et il le regardait d'un air goguenard lorsque, les torpilleurs rentrés au bassin, Philippe sauta vivement à terre et s'avança, tout surpris, vers le vice-amiral de Montmoran.

— Comment, mon père, vous ici !

— Un caprice de ces dames, mon enfant : quand elles ont appris, par ta dernière lettre, que vous deviez venir chercher des torpilleurs et des canonnières ici, elles ne m'ont plus laissé de tranquillité jusqu'au moment où j'ai consenti à partir pour Cherbourg...

Philippe passait des bras de sa mère dans ceux de sa sœur, puis il prononçait :

— Ah ! c'est gentil, ça ! c'est gentil !... Ma chère Viviane ! ma petite Madelon ! mes deux chéries...

Puis il salua avec un léger embarras la jeune femme qui accompagnait sa famille.

— Madame de Kernizan se rendait en Bretagne pour affaires, dit Mme de Montmoran d'un petit air malicieux : elle s'est détournée de son chemin pour venir te souhaiter bonne chance.

— Je vous en suis profondément reconnaissant, madame.

— Maintenant, permettez-moi de vous présenter à tous mon cher ami, Gilbert Morel, enseigne de vaisseau, que sa jeunesse seule empêche d'être nommé lieutenant.

Mais l'amiral avait à peine jeté les yeux sur l'enseigne qu'il tressaillit, comme avait tressailli tout à l'heure Karadeuc.

VII

VIVIANE

Gilbert qui, jusqu'alors, s'était respectueusement tenu à l'écart, s'avançait en souriant. Il s'arrêta net.

— Qu'avez-vous donc, mon père ? demandait Philippe.

Aussitôt, l'amiral tendit gracieusement la main à Gilbert :

— Pardonnez-moi, monsieur... Vous avez une ressemblance si frappante avec un officier de marine, que j'ai connu autrefois, que je n'ai pu me défendre d'un peu d'émotion.

Gilbert s'inclina ; ce n'était pas la première fois qu'il entendait semblable remarque. Et il répondait toujours... ce qu'il répondit à l'amiral de Montmoran :

— Je ne descends pourtant pas d'une famille de marins, monsieur.

— A la façon dont vous avez fait manœuvrer votre torpilleur, on ne s'en douterait guère.

— C'est, dit aimablement Mme de Montmoran, que monsieur sera le premier de sa race.

Cependant Philippe continuait ses présentations :

— Ma mère ; madame de Kernizan, une de nos bonnes amies ; mademoiselle Madeleine de Montmoran, ma cousine ; et ma sœur Viviane...

Gilbert saluait, avec la courtoisie diplomatique des marins, fixant son regard clair sur chaque personne, accomplissant d'une façon indifférente, mais sans ennui, ses devoirs de politesse. Cette famille de Montmoran, il ne la reverrait peut-être pas avant deux ans... si jamais il devait la revoir ; et alors on l'aurait oublié.

Mais sa froideur disparut tout à coup à la vue de Viviane. Frappé par la beauté de la jeune fille, il demeura une minute comme stupide ; puis il balbutia :

— Je suis... profondément honoré, mademoiselle...

Viviane avait rougi ; et, s'ils ne se tendirent pas la main, c'est qu'ils parvinrent à dominer l'élan de sympathie qui les portait l'un vers l'autre. Et, pendant quelques secondes, leurs âmes furent unies dans un sentiment de soudaine amitié.

— Nous vous connaissons déjà, monsieur, par les lettres de mon frère, murmurait la jeune fille.

— Philippe a la bonté de m'aimer de tout son cœur, répondait Gilbert attendri.

— Et je vous déclare, dit Philippe en riant, que ce n'est pas commode de devenir l'ami d'un sauvage comme lui.

Gilbert se tourna vers lui et lui donna chaleureusement la poignée de main qu'il aurait voulu donner à sa sœur. Et il examina d'un tout autre œil la famille de Montmoran. Par la seule magie du regard de Viviane, il voyait maintenant en elle une famille amie.

Une seule personne lui déplut, par sa trop grande élégance et par le coup d'œil sournois qu'elle lui avait jeté : la baronne de Kernizan... Mais qu'était-ce, auprès du charme qui se dégageait de Viviane et des siens?... Et lui, le sauvage, fut ravi lorsque le vice-amiral l'invita à passer la soirée avec eux.

— Je parie qu'il va refuser ! s'écria Philippe en riant.

— Et moi, je suis certaine que non, dit Mme de Montmoran. Votre bras, monsieur Morel ?

— Madame, je me mets à vos ordres, et je vous suis très réellement reconnaissant de vouloir bien m'admettre auprès de vous, pour la dernière soirée que je passerai sur la terre de France.

— Eh bien ! j'avais tort, dit Philippe ; voilà mon sauvage apprivoisé.

Il y avait, dans la bienveillante amabilité de Mme de Montmoran, une petite pointe d'égoïsme : cet enseigne était l'ami de son fils, ils partaient ensemble pour un abominable pays ; elle était enchantée de l'occasion qui se présentait à elle de cimenter leur amitié.

— Vous êtes libres, messieurs ? interrogea Mme de Montmoran.

— Jusqu'à ce soir, père. Mais, avant de partir, n'oublions pas nos braves matelots.

— Oui, dit Gilbert, il leur faut un rude dévouement pour naviguer avec cette perpétuelle trépidation.

— Mais vous en souffrez comme eux ? remarqua Viviane.

— Oh ! nous, mademoiselle, répliqua Gilbert avec un joli geste, on nous en récompense bien, en cas de réussite ; mais eux !...

Et il se dirigea vers son torpilleur pour remettre à Sylvestre la gratification qu'il avait annoncée à son équipage ; et il était si heureux qu'il la doubla sans hésiter. Philippe en faisait autant de son côté, et les matelots se promettaient une dernière soirée de bombance avant de prendre la mer.

Comme Gilbert allait s'éloigner, Sylvestre prononça timidement :

— Pardon, mon capitaine ?...

— Que voulez-vous, mon ami ?

Il avait son sourire le plus bienveillant, le capitaine de Sylvestre — les matelots donnent ce titre même aux officiers des grades inférieurs ; — et cependant Sylvestre ne savait plus ce qu'il voulait dire... C'était pourtant bien simple ; et Gilbert le devina, en voyant le vieux marin qui se dandinait auprès de son matelot.

— C'est vous le père de Sylvestre, mon ami ?

Karadeuc fut tout bouleversé par cette voix grave, douce, qui avait quelque chose de musical, la voix de l'*autre*... Et il balbutia :

— Oui... oui, c'est moi le père...

— Eh bien, votre fils est un bon marin, et pourvu qu'il marche droit...

Karadeuc, reprenant son calme, eut son gros rire. Oh ! sûr que le gars marcherait toujours droit !...

— Et je parie, dit gentiment Gilbert, que la mère m'en voudrait, si elle n'embrassait pas son fils, ce soir ?

Karadeuc ouvrit de grands yeux ; il n'aurait pas osé demander cette nouvelle permission. Gilbert ajouta :

— Allez, Karadeuc ; mais ne vous mettez pas en retard comme l'autre fois.

Déjà, M. de Montmoran, Philippe, la baronne, les jeunes filles s'éloignaient ; Mme de Montmoran attendait l'enseigne.

— Cré Dié ! fit le vieux Karadeuc, avant que vous partiez, vous permettez... hein ?

Il lui tendait la main ; Gilbert lui donna franchement la sienne. S'il était souvent sauvage avec ses collègues, souvent trop rentré en lui-même, on ne pouvait l'accuser de se montrer dédaigneux avec les matelots. Il aimait passionnément les simples gens de mer, leurs natures droites, un peu brutales, mais si peu compliquées...

— C'est mon dernier ! déclara Karadeuc, les larmes aux yeux, je vous le confie.

— Bien, bien, dit très sérieusement Gilbert Morel.

Et il alla rejoindre Mme de Montmoran, qui, d'un petit air fin, suivait cette scène.

— Je vois, dit-elle, que vous êtes marin jusqu'au bout des ongles : vous écoutez ces braves gens comme si vous aviez toujours vécu au milieu d'eux... Et pourtant vous êtes Parisien, je crois ?

— Né à Paris, élevé à Paris.

— Comme moi.

— Et c'est devant le bassin des Tuileries que ma pauvre

mère a vu se développer en moi ce goût insurmontable pour la mer, pour les voyages...

Il trouvait tout naturel de parler à cœur ouvert devant Mme de Montmoran, comme si elle eût été une vieille amie.

— Oui, tout petit, je n'aimais que les bateaux ; et un de mes plus beaux jours fut certainement celui où j'éblouis mes camarades en lançant, dans le bassin des Tuileries, un joli sloop que m'avait confectionné un pêcheur de Dieppe.

Ils marchèrent, quelques instants, silencieux ; ils sortaient de l'arsenal. Puis :

— Vous avez toujours vos parents, monsieur ?

— Oui, madame. Mon père est négociant ; il passe sa vie à voyager hors de la France...

— Et votre mère reste seule ?

— Hélas !... On est bien jeune quand on choisit cette carrière de marin ; je n'ai compris que trop tard à quel point j'avais brisé le cœur de ma mère. Elle a eu le courage, cependant, de ne pas trop contrecarrer mes goûts... Mais pardon, madame, je parle de ma mère comme si vous la connaissiez...

— Est-ce que toutes les mères ne se connaissent pas entre elles ? Et il me semble que j'ai le droit de vous faire un reproche au nom de la vôtre : comment ne lui avez-vous pas écrit que vous vous rendiez ici avant de partir pour le Tonkin ? Si vous l'aviez prévenue, elle serait sûrement à Cherbourg aujourd'hui...

Gilbert Morel secoua tristement la tête.

— C'est, dit-il, que j'ai redouté pour ma mère une trop vive émotion. Elle m'avait fait ses adieux à Toulon, elle est déjà habituée à notre séparation... La joie de me revoir quelques heures lui aurait fait autant de mal que de bien... J'ai su me priver de ce bonheur, madame.

— Je vous comprends et je vous plains... Mais moi, monsieur, je suis heureuse d'avoir pu connaître l'ami de mon fils. A l'étranger, en temps de guerre, les amitiés doivent être solides...

— Je crois, madame, qu'en France, comme partout, la nôtre est à toute épreuve.

Mme de Montmoran n'ajouta plus un mot ; elle pressa légèrement le bras de Gilbert Morel. Puis ils rejoignirent les jeunes filles qui marchaient, silencieuses, auprès de l'amiral.

En avant, dans le crépuscule qui tombait, s'éloignaient,

pressant un peu le pas, la baronne de Kernizan et Philippe de Montmoran. L'amiral, qui avait allumé un cigare, semblait ne faire aucune attention à eux; mais Viviane et Madeleine, les traits contractés, ne les perdaient pas de vue, hâtant aussi le pas, tendant la tête, comme si elles avaient pu entendre ce qu'ils se disaient.

— Quelle folie! prononçait Philippe avec un gentil sentiment d'orgueil: venir ici avec ma mère, mon père!

— Vous appelez folie une preuve de mon amour?

— Mais enfin, chère adorée, sous quel prétexte?...

— Eh! Ne me forcez-vous pas sans cesse à mentir? murmura la baronne avec ce délicieux accent de candeur, auquel Philippe se laissait complètement prendre. Et pourtant, comme c'était mal, à vous, de ne m'avoir pas écrit! J'ai dû me renseigner au ministère de la Marine. Et je partais bien vite, croyant être seule à vous surprendre, quand j'ai rencontré votre famille à la gare... J'ai failli perdre la tête. Enfin, j'ai trouvé une excuse: ma tante avait besoin de moi, des affaires m'appelaient en Bretagne... On m'a crue, heureusement. Et j'ai semblé de très bonne foi quand j'ai dit que je me détournais de mon voyage pour vous serrer la main... Mais me voilà forcée d'aller passer une huitaine à Trevenec, ce qui manquera de gaieté...

— Vous êtes la plus adorable femme que j'aie connue!

— Bien, bien, vous dites cela aujourd'hui, et vous répéterez la même jolie phrase à la première maîtresse qui...

— Méchante!

— Et dire que je ne vous aurai pas à moi cette dernière soirée!

— Prenons même garde! Ma mère a toutes les indulgences; mais mon père ne plaisanterait pas s'il devinait...

Et il la força à ralentir le pas, pour que sa famille pût les rejoindre.

— Votre Philippe me faisait marcher d'un train d'enfer! dit la baronne en minaudant.

Personne ne lui répondit. Madeleine se glissa près de son cousin, et l'inquiétude qui assombrissait son joli visage disparut aussitôt. Avec quelle joie elle lui eût pris la main! Mais elle se contentait de le frôler, ce grand cousin qu'elle aimait presque avec du respect, ce cousin qui était déjà un homme, un officier, qu'elle n'était, elle, qu'un petit rien, un bout de fillette...

« Madelon ! »

Tout le monde l'appelait ainsi dans la maison, son oncle, sa tante, sa cousine, ou plutôt « sa sœur » Viviane ; mais personne ne savait dire comme Philippe :

— Madelon ;... Ma petite Madelon !...

C'était pour lui un petit chien, bien soumis, tendre, fidèle, le dévouement incessant, mais timide, caché.

— Ma petite Madelon, que veux-tu que je te rapporte de Chine ?

— Reviens, dit-elle : ce sera le plus beau de tous les cadeaux.

Ce bonheur que Madeleine éprouvait auprès de Philippe, Viviane était toute surprise d'en éprouver les symptômes auprès de Gilbert Morel. Elle était à la droite de l'enseigne et se penchait, par moments, pour causer avec sa mère. Quel charme se dégageait donc de lui qu'elle était tout heureuse de placer son visage sous son regard ? Et il lui semblait que la voix un peu tremblante de Gilbert fût une caresse. Pourquoi était-elle reconnaissante à sa mère de si bien accueillir ce jeune homme inconnu, qui n'avait d'autre titre que d'être l'ami, et l'ami un peu récent, de son frère ?... Pourquoi, même avant de le connaître, n'avait-elle pas été jalouse de lui, lorsqu'il avait mieux exécuté sa manœuvre que son ami ? Elle qui était si follement orgueilleuse de ce frère adoré ! Elle ne raisonnait pas toutes ces choses ; elle les éprouvait et s'y laissait prendre avec délices.

La soirée fut pleine d'une indicible mélancolie. Philippe seul avait le courage d'être gai ; pour tous les autres, le départ était trop près. L'amiral avait commandé un fin dîner ; on n'y faisait guère honneur. A chaque instant, on avait les yeux fixés sur la pendule. Encore une heure, encore cinquante minutes...

Comme Mme de Montmoran essuyait furtivement une larme, Gilbert se pencha à son oreille et dit :

— C'est le renouvellement de cette émotion que j'ai tenu à éviter à ma mère.

Il fallut enfin partir ; on accompagna les deux officiers au quai où les attendait leur baleinière. Mme de Montmoran, Viviane, la baronne elle-même eurent le courage de ne pas pleuror ; mais Madeleine fondait en larmes. Avant de sauter dans la baleinière, Gilbert tendit la main à Viviane.

— Au revoir, monsieur, dit-elle, étouffant un sanglot qui lui montait à la gorge.

— Je l'espère ! répondit-il gravement.

***

Le lendemain, vers midi, Sulpice Karadeuc était en train

Quelle folie! prononçait Philippe. (Page 82.)

d'appareiller, avec son mousse et son matelot, et il lançait ses ordres d'une voix terriblement émue...

Au moment où l'on donnait un coup d'aviron contre le quai pour pousser le bateau, une femme arriva tout essoufflée, une femme un peu forte, qui avait bien du mal à courir et qui descendait l'escalier en trébuchant.

— Monsieur! monsieur! appelait-elle.

Et d'abord Karadeuc, ne s'imaginant même pas que cela pût s'adresser à lui, ne répondit pas.

— Monsieur, je vous en supplie, voulez-vous me conduire à l'escadre?

Karadeuc lâcha un juron : est-ce qu'on le prenait pour un

domestique chargé de mener les étrangers à l'escadre? Ah! non, par exemple! Mais la dame donnait des explications : elle venait d'arriver par le train, et tout de suite elle avait couru au port, cherchant une embarcation... Malheureusement, c'était l'heure du déjeuner, elle n'avait vu aucun bateau prêt à appareiller que celui de Karadeuc, et elle n'avait pas de temps à perdre. Elle paierait ce qu'on voudrait...

Le cuirassé passa le premier. (Page 87.

— Pardon, pardon, fit Karadeuc, regrettant un peu sa brutalité, parce que la dame s'y prenait gentiment; mais l'escadre ne va pas s'envoler!...

— Mon Dieu, monsieur, je vous en prie... c'est ce cuirassé qui part avec des torpilleurs! Mon fils est à bord... Si je pouvais l'embrasser!...

— Alors, c'est différent, prononça Karadeuc en étendant la main et en saisissant un crochet de fer pour ramener le bateau à quai. Descendez, madame...

Et il lui prenait la main, l'installait. Et il expliquait que lui aussi avait un fils à bord d'un torpilleur et qu'il allait, non pas l'embrasser, ça ne serait pas possible, mais lui faire « adieu » de la main quand il traverserait la passe.

— Allons, largue! cria-t-il.

Le vent était bon; on n'avait qu'à filer droit sur l'escadre. Il s'informa alors : que faisait le fils de madame? Etait-il à bord du cuirassé, d'une canonnière, d'un torpilleur?... La dame avait peine à répondre; elle se comprimait la poitrine de ses mains : jamais son cœur n'avait battu à ce point. Elle finit par balbutier :

— Je ne sais pas au juste... Mon fils est l'enseigne Gilbert Morel.

Et elle n'avait pas fini de prononcer ce nom que Karadeuc lâchait une série de jurons terminés par :

— Vieux requin que je suis!

Et il allait chercher des sacs, des vêtements rangés sous le pont, et il forçait la dame à se lever.

— On est très mal sur ces planches; c'est bon pour nous... Là, asseyez-vous, maintenant... Je l'ai vu hier, votre fils!

— Comment se portait-il?

— Il était joliment bien... Eh oui donc! Oui, oui...

Et Karadeuc ne tarissait pas sur l'enseigne, sur sa belle tournure et cet air de marin!

— C'est le capitaine de mon fils.

— Vous vous nommez?

— Karadeuc.

— Je sais, alors: votre fils est Sylvestre. Gilbert m'a parlé de lui dans ses lettres...

— Il vous a parlé de Sylvestre?... Et moi, tout à l'heure, qui allais vous laisser sur le quai!... Non! non! Quelle brute je suis!... Mais vous me pardonnez? .. Vous comprenez?...

Trois quarts d'heure après, ils étaient en vue du cuirassé et des torpilleurs.

— Mais laissez-moi faire, dit-il; il faut nous mettre en avance pour les voir à la passe.

Et ils arrivèrent dans la passe au moment où le cuirassé se mit en marche. Là, la mer était rude; les vagues, se brisant sur la digue comme sur un immense écueil, faisaient terriblement sauter le bateau. Karadeuc força Mme Morel à s'étendre un peu.

— Je vous préviendrai quand on le verra.

Le cuirassé passa le premier ; et Karadeuc expliqua :

— C'est là-dessus qu'ils sont venus de Toulon.

Puis, ce fut le tour du torpilleur 56. Debout contre le mât, la mère de Gilbert n'écoutait plus Karadeuc, qui prononçait :

— Le 56, capitaine de Montmoran.

Elle devinait Gilbert sur le 54 qui arrivait à une légère distance. Lui aussi l'aperçut de loin; il poussa un cri étranglé.

— Mère !

— Mon chéri !

Et déjà le torpilleur avait franchi la distance ; il passait, tout secoué par la trépidation de la vapeur.

— Mon Dieu ! murmura la pauvre mère, comment peut-on vivre là-dessus?

Des deux mains, Gilbert lui envoya un ardent baiser. Elle tendit les bras, comme si elle pouvait le serrer contre lui. Il devina sa pensée et cria :

— Sois tranquille, je reviendrai !

Puis il jeta encore des baisers de ses mains :

— Pour père !

Karadeuc, le bonnet à la main, hurlait, de son côté :

— Eh ! le gars !

Sylvestre répondit par un geste, n'osant pas parler.

Un canot à vapeur de l'arsenal suivait, emportant la famille de Montmoran.

— Des amis de votre fils, dit Karadeuc. Voulez-vous que je vous mène à leur bord? Ils vous accueilleraient, ben sûr; et vous seriez mieux qu'ici.

— Non, non, balbutia Mme Morel, ramenez-moi à terre, mon ami.

Et elle s'affaissa, éclatant en sanglots.

VIII

VISITES INATTENDUES

Il fallut une grosse heure et demie pour revenir de la passe au bassin du Commerce: le vent, si favorable à l'aller, était contraire au retour, on ne pouvait regagner la terre qu'en tirant des bordées. Karadeuc, debout, donnait vivement ses coups de gouvernail; puis il demeurait immobile, les yeux fixés, par-dessus la digue, sur le cuirassé encore très haut à l'horizon, tandis que les torpilleurs, peints en gris, se confondaient déjà avec la mer, sur laquelle ils ne tranchaient plus que par leur panache de fumée. Il proposa à Mme Morel de regarder, elle aussi; mais elle n'avait plus de forces : le mouvement du bateau, qui était très secoué en ce moment, survenant sur ses émotions, la brisait entièrement. Ils arrivèrent enfin dans le bassin du Commerce. Et Mme Morel, un peu remise dès qu'elle fut à terre, contempla à son tour l'horizon, tandis qu'on rangeait le bateau. Puis Karadeuc renouvela sa proposition :

— Tenez, madame, voici le canot de l'amiral de Montmoran qui revient; il n'a pas besoin du vent, lui, il sera bientôt à quai. Je vous ai dit : c'est des amis de votre fils... Et, en attendant que vous rentriez à Paris...

Mais Mme Morel secouait la tête. Elle était une femme trop simple pour se mêler à une si brillante société. Cependant, qu'allait-elle faire jusqu'à six heures, l'heure de son train? Cette pensée torturait Karadeuc : il voyait bien que la pauvre femme avait besoin de repos, de soins surtout.

— Ah ! si j'osais ! murmura-t-il.

Et il se décida.

— Dans tous les hôtels, voyez-vous, on ne vous servirait pas un bol de bouillon comme vous en fera ma femme...

Elle eut un mélancolique sourire.

— Oui! dit-elle, si vous voulez bien. J'attendrai chez vous l'heure du train.

Cela lui adoucirait la séparation. Il n'osa pas lui offrir son bras, quoiqu'il eût son beau vêtement bleu et qu'il se fût encore rasé le matin même; mais il marchait tout près d'elle, et, à chaque instant, sous prétexte de lui éviter les mauvais pas, la soutenait un peu.

Mme Karadeuc était en train de se disputer avec trois clientes, lorsque son mari pénétra dans la boutique en disant :

— C'est la mère du capitaine de not' gars...

Mme Karadeuc devint toute blanche, puis toute rouge.

— Allons, dépêche-toi! ordonna Karadeuc d'un ton rude; tu vois bien que madame a besoin de toi !

Mme Karadeuc eut vite planté là ses clientes. Elle comprenait bien que Mme Morel était allée en mer, que ce voyage et l'émotion l'avaient anéantie... Et elle l'entraînait, si émotionnée elle-même qu'elle lui parlait d'abord breton; elle la conduisait dans sa chambre, la forçait à desserrer son corset, l'entourait de soins très tendres, tandis que Mme Morel, d'une voix oppressée, lui racontait comment elle avait rencontré son mari, et essayait de sourire en disant qu'il avait d'abord refusé...

— Ah! ces hommes! criait Mme Karadeuc. Mon Dieu! Et moi qui n'ai même pas de canapé... Faudra que vous vous contentiez de notre lit.

Un grand lit, semblable à une armoire, dont elle venait d'ouvrir les portes. Mme Morel s'excusait de tout le dérangement qu'elle donnait; mais Mme Karadeuc lui imposa silence.

Dans la boutique, en dessous, grondait une discussion. Mme Karadeuc comprit; elle alla au petit palier de l'escalier :

— Laisse-leur les salades à un sou, et qu'elles nous fichent la paix!

Karadeuc se débarrassa ainsi des trois clientes, puis ferma la boutique pour qu'on ne les dérangeât plus de leurs devoirs d'hospitalité!

— As-tu rallumé le fourneau? criait déjà Mme Karadeuc.

— Voilà, voilà! C'est fait.

Et, pour que les deux mères pussent demeurer ensemble, il se transformait en cuisinier, demandait de temps en temps un renseignement à mi voix.

Il lava trois fois l'énorme bol dans lequel il allait verser le bouillon, le reste du bouillon qu'on avait fait pour Sylvestre; ça ne reluisait jamais assez à son gré. Enfin, il demanda la permission de monter; et il entra au moment où sa femme s'écriait avec un geste désespéré :

— Quand ils ont ça dans le sang, voyez-vous!

Mme Morel remercia Karadeuc d'un joli regard qui lui arriva droit au cœur; et elle but lentement le bol de bouillon.

— Qu'est-ce que vous voulez maintenant?

Plus rien. Elle était toute réconfortée, prête à repartir.

— Je me suis reposée comme si j'avais été chez moi.

Karadeuc se raidit contre une poussée de larmes, et pourtant il n'avait pas pleuré en criant adieu à Sylvestre. Mais on peut être énergique contre de grandes choses et se laisser remuer le cœur, comme une femme, par le moindre rien. Et Mme Morel, se redressant, parlait encore de leurs enfants :

— Votre Sylvestre vivait dans un port, au milieu des marins ; mais le mien est Parisien... Eh bien ! tout petit, il n'avait que cette pensée : je veux être marin !

Puis Karadeuc désira savoir pourquoi elle était arrivée si tardivement.

— C'est que mon fils me sait faible ; il avait voulu m'éviter ces émotions... Je lui avais déjà dit adieu à Toulon. Je n'ai appris que par hasard, dans un journal, qu'on l'avait envoyé ici : je n'ai eu que le temps de courir à la gare...

— Et moi qui ai failli vous laisser sur le quai !...

— Tu n'en fais jamais d'autres ! cria la vieille Karadeuc.

Il descendit brusquement pour échapper aux reproches de sa femme ; mais, revenant :

— Si vous vouliez passer la nuit ici ?... Vous repartiriez demain matin par l'express.

Mme Morel refusa ; elle devait être le lendemain à Paris pour attendre son mari, qui revenait d'une tournée. Mme Karadeuc allait insister, toute séduite par la bonté, la simplicité de la mère du capitaine de son fils. Karadeuc lui imposa silence.

— Fais ce qu'on te dit, femme, et voilà tout. Aide madame !... Puisque madame doit être à Paris demain !...

Et il descendit pour de bon, et, en attendant que Mme Morel fût prête, brossa encore son vêtement et s'acharna contre la tache que sa femme déclarait disparue, mais dont il reconnaissait bien l'emplacement, là, près du bouton...

Le vieux ménage eut un moment de gêne lorsque Mme Morel, prête à partir, ouvrit son porte-monnaie ; Karadeuc protestait déjà... Mais la mère de Gilbert comprenait la délicatesse que cachaient leurs rudes manières. Elle mit deux pièces de vingt francs sur le comptoir.

— Pour acheter un livret de caisse d'épargne aux deux derniers de vos petits-enfants.

Mme Karadeuc, en l'aidant à s'habiller, lui avait conté que, pour se distraire de son Sylvestre, elle allait faire venir le plus petit de ses petits-fils, la plus jeune de ses petites-filles.

— Pour les petits, j'accepte ! déclara Karadeuc sans le moindre embarras.

— Mais, madame, je ne veux pas que vous quittiez votre boutique, suppliait Mme Morel.

Ah bien ! on pourrait lui dire ce qu'on voudrait là-dessus ; mais elle mettrait elle-même, dans son wagon, la mère du capitaine de Sylvestre.

A la gare, Karadeuc montra à Mme Morel la famille de Montmoran qui partait aussi ; mais elle préféra être seule. Ils l'installèrent avec autant de soins que s'il se fût agi d'une parente chérie. Et, quand le train partit, ils demeurèrent longtemps sur le quai, agitant leur mouchoir ; et le train avait disparu à un tournant qu'ils restaient encore là, regardant la colonne de fumée de la locomotive. Un employé dut les renvoyer.

— Brave femme, tout de même ! déclara Karadeuc, comme ils repassaient au pont de fer.

— Et toi, avec ta manie de ne jamais vouloir conduire personne, qui allais la laisser à terre...

— Allons, assez là-dessus !

— Oh ! je l'écrirai à Sylvestre... Et puis, je ne veux plus que tu t'en ailles à la pêche, tu entends?

Il ne répondit pas, il riait en dessous, quoiqu'il n'en eût guère envie ; mais, au moment où ils entraient dans la rue, il pencha la tête en avant.

— Tiens, quelqu'un qui frappe à la boutique.

— Qui donc ?

— Un grand diable !

Il pressa le pas.

— Tu es fou ?... C'est un curé, dit sa femme.

— Qu'est-ce qu'un curé viendrait faire chez nous ?

Il arriva enfin devant lui, le regarda sous le nez.

— Tonnerre ! Mais si, j'ai bonne mémoire, vous êtes le curé de Trevenec ?...

— Parfaitement, mon brave, répliqua Roger Gardain, en lui tendant la main. Vous m'aviez chargé d'une mission ; et, comme je passais par Cherbourg, je viens vous en rendre compte.

Si cela avait eu lieu un autre jour, Karadeuc se fût montré plus calme ; mais ses nerfs étaient trop surexcités : il se mit bêtement à fondre en larmes, tandis que sa femme demeurait stupide, devant cet homme qui pouvait prier sur les chères tombes de là-bas. Le vieux marin essayait d'ouvrir la porte, et il ne parvenait pas à trouver le trou de la serrure. Le prêtre dut diriger sa main. Et, quelques instants après, la boutique aussitôt refermée, ils étaient réunis dans la minuscule salle à manger, qu'encombraient des paniers de légumes; Karadeuc, après « avoir raté » une douzaine d'allumettes, allumait enfin la petite lampe à pétrole et montait au premier étage pour chercher un fauteuil. Il criait:

— Si je me serais attendu à vous voir aujourd'hui, par exemple!

Et, en quatre mots, il expliquait à sa femme, toute stupéfaite, la mission dont il avait chargé le curé.

— Parce que, voyez-vous, ça nous a tant émus d'avoir notre gars pendant trois jours que notre rencontre m'était sortie de la tête...

— Enfin, le pauvre petit, dit Mme Karadeuc, le voilà parti pour le Tonkin.

— Sur le cuirassé?

— Non, sur le torpilleur 54.

— Ah! bien... J'ai assisté de la digue à leur départ. Et je me rappelle qu'un grand, beau marin, agitait son mouchoir... C'était votre fils, sans doute?

Une vive rougeur monta au visage de la vieille; et, dès ce moment, elle considéra le curé comme un ami. Puis Karadeuc offrit tout ce qu'il avait dans sa maison: Roger Gardain demanda simplement un verre de cidre. Et un assez long silence suivit.

— Eh bien! mon brave, interrogea enfin le curé d'un ton assez léger, avez-vous fait bonne pêche en revenant à Cherbourg?

Karadeuc répondit, avec cette minutie des pêcheurs, combien de soles, de barbues, de plies, de turbots il avait rapportés...

— Et votre langouste, monsieur le curé?

— Elle était délicieuse.

Puis un nouveau silence. Tous les trois avaient la même pensée, sans oser la dire. Cependant, Roger Gardain se décida.

— Je suis allé sur toutes les tombes.

Mme Karadeuc bégaya d'une voix étranglée:

— Sur celle de mon petit Yann?

Elle appelait « son petit Yann » son premier-né, mort dans

un naufrage, à l'entrée même du port de Trevenec, huit jours avant de partir pour le service, le seul de ses fils qu'elle eût perdu à la mer. Le prêtre sourit tristement : oui, il avait soigné la tombe de Yann Karadeuc... Et comme la croix de bois, trop vermoulue, menaçait de tomber, il en avait commandé une autre. Mme Karadeuc s'essuya les yeux.

— Elle sera placée dans quelques jours ; vous viendrez la voir, madame ?...

— Hein !

Roger Gardain ne s'imaginait pas produire un tel effet par cette simple phrase. Karadeuc, qui se dandinait en l'écoutant, tomba tout effaré sur une chaise ; et sa femme fut quelques secondes sans respirer. Aller à Trevenec ! Jamais ils n'en parlaient, ni l'un ni l'autre ; mais ils avaient l'âme pleine de ce désir : revoir leur cher pays ! Le recteur sembla ne pas remarquer leur émoi.

— Je sais bien, continuait-il, que, par le chemin de fer, c'est une dépense ; mais, puisque vous avez votre bateau et que vous pouvez en route jeter des coups de filet ?

Karadeuc le contemplait avec ahurissement : évidemment ce brave curé ne pouvait même pas soupçonner les motifs qui l'avaient éloigné de Trevenec... Et il balbutia que... peut-être... un jour... on verrait... Puis, d'une voix troublée :

— Et pour Marie Lepleven ?

Le prêtre répondit, sans donner plus d'importance à Marie Lepleven qu'aux autres :

— Il me restait encore quelques belles roses... Vous savez bien, dans le jardinet du presbytère, un grand mur protège les arbustes du vent de mer ?

Oui, ils connaissaient ce jardin, comme les moindres recoins du village.

— Le vieux Leonnec m'a donné une touffe de marguerites, et il y a deux jours encore, comme on change l'eau régulièrement, elles étaient bien fraîches.

Et, très naturellement, il répéta sa proposition :

— Vous verrez cela, quand vous viendrez à Trevenec... Au fait, pourquoi donc avez-vous quitté notre village ?

Cette fois, il n'y avait plus moyen d'esquiver une explication. Karadeuc se leva et se mit à tourner dans sa petite salle à manger. Mme Karadeuc contemplait son mari avec inquiétude ; elle le voyait tout bouleversé, les yeux en feu, le visage contracté ; elle devinait qu'il serrait les poings dans les poches de sa vareuse. Il s'arrêta brusquement devant Roger Gardain et lui mit la main sur le bras.

— Écoutez-moi, monsieur le curé. Vous êtes un brave homme, j'ai deviné ça tout de suite, et je suis de confiance avec vous... Donc, je ne crains pas de vous parler carrément. Voyez-vous, vous m'avez remué le cœur avec cette idée de mon pays... Je ne sais pas si ça peut pleurer, un cœur ; mais sûr que le mien est en train de faire quelque manigance de ce genre. Cette croix sur la tombe de mon Yann !... Et ces belles roses pour Marie Lepleven... Oui, je voudrais les voir, et la vieille comme moi, hein?

Il interrogeait sa femme d'un regard brusque. La pauvre vieille eut un geste douloureux vers le ciel... Ah ! ce besoin de revoir le doux pays de jadis, le coin où elle était née, où son cher homme lui avait donné le bonheur ! Elle l'éprouvait furieusement dans tout son être. En ce moment même, son âme était partie et revoyait le village, la jetée, le brise-lames, les grands rochers à pic et la petite maison tournée contre le vent du large, sur laquelle on faisait sécher les filets. Et, si son mari avait dit : « Partons ! » ah ! comme elle aurait obéi !... Mais Karadeuc avait la force de se raidir.

— Oui, je voudrais revoir tout cela ! Seulement, quand on va dans un pays, il ne faut pas y avoir d'ennemi ; il faut pouvoir vivre avec tous, ne pas se dire qu'on doit éviter certaines personnes... Voilà pourquoi, monsieur, je ne retourne jamais à Trevenec !

— Vous avez des ennemis, vous, à Trevenec?

— Ils ne sont pas nombreux : une femme seulement ! Mais, pour moi, cette femme, c'est comme si c'était tout le village !

— Mon ami, c'est mon rôle de réconcilier ceux qui se détestent ; vous allez me dire le nom de cette femme?

Karadeuc se tourna vers sa vieille compagne ; elle fixait sur lui ses yeux pleins de supplications.

— C'est que, cette femme, vous n'aurez pas le pouvoir de la faire changer ; vous briseriez plutôt les rochers qui soutiennent son château.

— La marquise? s'écria le recteur.

— Oui donc ! prononça Karadeuc d'un ton tragique. J'ai été élevé, monsieur, dans l'idée qu'elle était notre maîtresse à tous : je n'ignore pas que ça n'existe plus, ces choses ; mais, comme j'ai servi sous son mari, je ne saurais pas plus lui résister que je n'aurais résisté autrefois au marquis... Or, monsieur, nous ne sommes pas d'accord, elle et moi, pour des choses qu'il ne m'appartient pas de vous dire, parce que ce sont ses affaires et non les miennes... Et, n'étant pas d'accord avec elle, j'ai quitté le pays en jurant de n'y rentrer que lorsque je n'aurais plus à craindre de la rencontrer, c'est-à-dire les pieds en avant, quand vous viendrez me chercher en mer, ainsi que vous me l'avez promis ! Voilà !

Et Karadeuc étendit furieusement le bras, comme s'il renouvelait son douloureux serment. Roger Gardain réfléchit quelques secondes ; puis :

— Mon ami, vous vous trompez quand vous croyez que la marquise de Trevenec nourrit contre vous la moindre haine. J'ai eu l'occasion de lui parler de vous...

— Et que vous a-t-elle dit ? interrogea Karadeuc, tout tremblant.

— C'était le lendemain du jour où je vous avais rencontré ; elle s'étonna de me voir sur vos tombes. Et c'est elle-même qui, après le récit de notre entrevue, me dit : « Pourquoi ne vient-il pas lui-même ?... » Et moi... je crois que votre présence lui ferait beaucoup de bien !

IX

LE COMPLICE

Jamais une absence du curé de Trevenec ne s'était prolongée à ce point. Ses plus grandes excursions ne duraient même pas une journée : il partait le matin, sa messe dite, lorsqu'il n'avait pas de malades à visiter, et rentrait à la tombée du jour ; et les marins, qui fumaient leur pipe aux abords de la jetée, l'interrogeaient gaiement sur sa pêche : il connaissait sûrement des secrets, car il ne rentrait jamais les mains vides; et les vieilles femmes, qui n'avaient plus de mari ou dont les fils étaient au service, s'en ressentaient.

Mais, cette fois, il était parti pour un vrai voyage : trois jours déjà passés ; et le quatrième s'était levé, un dimanche, sans qu'on eût des nouvelles du voyageur. Les trois premiers jours, on ne s'était guère inquiété de cette absence, dans le voisinage ; mais, le dimanche matin, les vieilles dévotes sentaient se réveiller leur ancienne hostilité contre ce Roger Gardain qui ressemblait si peu aux autres prêtres. Les abandonner un dimanche, cela passait les bornes.

Et la petite maison tournée contre les vents du large... (Page 94.)

L'émotion n'était pas moins grande au château. La marquise avait traité Jeanne-Marie de folle, lorsque sa servante lui avait annoncé le départ du curé.

— Il est à la pêche, voilà tout !

— Mais non, madame, puisque Leonnec a ramené son bateau de Saint-Malo !...

— Alors, il est dans les environs ; il n'aurait pas quitté Trevenec sans me prévenir !... A moins que...

Une pensée très troublante se présentait à l'esprit de la marquise ; mais elle la repoussait aussitôt :

— Non, non ! Il n'oserait pas...

Et cependant, plus elle y réfléchissait, plus elle se disait qu'il était bien capable d'avoir osé...

Le samedi, elle fut un peu distraite de ses méditations par l'arrivée subite de la baronne de Kernizan. La nièce de la marquise lui conta une histoire très touchante : elle avait rêvé, affirma-t-elle d'une voix attendrissante, que sa chère

Karadeuc était entré, son chapeau roulé dans la main. (Page 102.)

tante était malade et que, pour ne pas l'arracher à la saison parisienne, elle ne voulait pas la prévenir...

— Et, comme je vous avais laissée si troublée à la fin de l'été, ma bonne tante, je n'ai pas hésité : me voici !

— Tu vois, petite, que ton rêve était absurde... Et je vais te renvoyer bien vite à tes adorateurs parisiens.

La baronne protesta ; elle était aussi bien près de sa tante,

qu'à Paris, et elle resterait une bonne semaine à Trevenec.

— Et votre curé, ma tante ?

— Il est en voyage, mon enfant.

— Mais il reviendra demain ?

— C'est probable.

Et la marquise cacha son inquiétude ; mais, le lendemain, elle était, au lever du jour, sur sa « maudite » terrasse ; et elle interrogeait anxieusement la mer et les routes.

Elle n'était pas seule à attendre ; une bonne partie de la population se promenait vers la jetée, et toute voile qui paraissait dans le lointain l'intéressait prodigieusement.

Vers sept heures, on aperçut une voilure assez haute du côté de la pointe de la Varde.

— C'est pour chez nous, déclara Leonnec.

Quelques marins discutèrent : évidemment ce bateau n'irait pas à Saint-Malo, il filait droit vers le cap Fréhel ; mais il pouvait, à mi-chemin, obliquer vers Saint-Lunaire ou Saint-Jacut.

— C'est pour chez nous, répéta Leonnec.

Il avait raison : à huit heures et demie, le bateau longeait la jetée et abordait au milieu des cris de joie. C'était le curé Gardain qui arrivait ; mais il y avait avec lui un autre voyageur... Et ce voyageur eut à peine touché terre que la joie toute simple, que chacun avait de voir cet excellent homme de Roger Gardain, se changea en une profonde émotion. La marquise, qui suivait tout cela du haut de sa terrasse, put constater d'abord un mouvement de surprise : les vieilles gens entouraient ce voyageur, sans lui parler encore, et elle devinait aisément leurs pensées :

— Est-ce possible ?... Est-ce bien lui ?...

Sa nièce la rejoignit au moment où les anciens de Trevenec, la première stupéfaction passée, embrassaient le nouveau venu avec de longues démonstrations de joie. Roger Gardain avait déjà disparu, courant dans la direction de l'église.

— Mais que se passe-t-il donc sur le port ? demanda la baronne. Et vous-même, ma tante, qu'avez-vous ?

La douairière demeura quelques instants sans répondre ; elle ne détournait même pas la tête. Et, toute tremblante, les yeux ardemment fixés sur le voyageur qu'elle avait fini par reconnaître malgré la distance, elle essayait de se persuader qu'elle était trompée par une ressemblance...

— Serait-ce ce marin, ma tante?...

— Je le crains!...

La baronne eut un éclair de rage; mais, se faisant douce aussitôt, elle entraînait la marquise :

— Venez, ma tante; la présence de cet homme ici me fait présager des heures difficiles pour vous... peut-être du chantage?... Heureusement, je suis là; et je ne permettrai pas qu'on trouble votre vieillesse!

Eh! oui, c'était bien Karadeuc, qui avait enfin osé, Karadeuc, que la protection de Roger Gardain avait assuré contre tous les maléfices, toutes les superstitions. Cependant, il avait eu une dernière hésitation, la veille. Partis de Cherbourg par un bon vent, lui, Roger Gardain et son mousse, ils auraient pu arriver à Trévenec dans la nuit : il n'en avait pas eu le courage, certains morts pouvant très bien profiter des ténèbres pour quitter le cimetière et arrêter son bateau à l'entrée du chenal. Il n'avait pas donné cette raison au recteur; il lui avait seulement expliqué qu'il préférait rentrer chez lui en plein jour. Et l'accueil qu'il recevait le récompensait de cette bonne idée. Il marchait lentement, suivi de tous les anciens et des anciennes, qui formaient deux ailes retournées un peu en avant de lui; et on l'accablait de questions. Sa femme?... Ses fils?... Ses petits-enfants?... Et Cherbourg?... Et le magasin de Mme Karadeuc?... Il ne savait à qui répondre, et son cœur éclatait. Enfin, pourquoi était-il resté si longtemps sans venir? Et pourquoi, maintenant, se décidait-il tout d'un coup? Il ne donna aucune bonne raison : une lubie qui lui avait passé par la tête, pour se distraire du départ de son gars au Tonkin, et l'occasion de ramener l'abbé Gardain à Trévenec. Et il parlait de son gars, grand, fort, la tête de plus que lui, et déjà quartier-maître!

— Sur quoi qu'il a embarqué?

Karadeuc fut un peu humilié d'avouer que c'était seulement sur un sabot de torpilleur. Mais il cessa de parler, dès qu'il vit la petite place au fond de laquelle se dressait l'église, la petite place où il s'était battu gamin, où jeune homme il avait dansé, où il avait courtisé la future Mme Karadeuc, et il ne la voyait plus en bonne vieille, toute tassée, bougonnant dans sa fruiterie, mais si gentille, si douce, sous sa coiffe brodée, avec un visage frais, souriant et ses yeux jadis lumineux...

Il eut un peu peur au moment où il pénétrait dans l'église ; mais le curé montait justement à l'autel et lui avait promis sa messe. Il s'avança, les yeux au plafond, cherchant, sous les pierres grises, parmi les ex-voto, celui qu'il avait confectionné après une rude tempête, un bateau tout gréé, une merveille d'exactitude, auquel son Yann avait travaillé. Et il l'aperçut, enveloppé de poussière, les couleurs ternies, toujours à la même place avec son drapeau jadis tricolore, maintenant un simple ruban jauni, au haut du grand mât. Quand on sonna, à la fin de la cérémonie, il reconnut la voix de la cloche et sourit. Il se rappela alors seulement une commission de sa femme, une invocation à sainte Anne, qu'il devait dire à la place qu'elle occupait jadis, juste au-dessous de la clef de voûte de la nef lourde et trapue. Il gagna cette place, dit la prière avec quelques omissions, puis fut tout heureux de sortir en compagnie d'amis d'autrefois. Il ne ressentait plus aucune crainte maintenant, et il regardait très tranquillement la hauteur sur laquelle était situé le petit cimetière et, dominant tout, le château de la douairière. L'idée de s'y présenter ne l'épouvantait plus.

Pour la première fois, depuis sa dernière maladie, la marquise n'avait pas assisté à l'office religieux. Et Roger Garduin avait été déçu dans son espoir de voir la douairière et Karadeuc se rencontrer dans la maison de paix; ce petit coup de théâtre devait, pensait-il, produire les meilleurs résultats. Karadeuc, lui, n'était pas fâché de l'absence de la marquise : il aimait autant aller la trouver chez elle et lui annoncer tout net ses intentions. Après avoir tremblé pendant tant d'années, il devenait tout à coup extrêmement brave.

— Ben sûr, se disait-il, elle aura appris mon arrivée et aura eu peur de paraître en face de moi.

La marquise n'avait pas eu peur; elle avait simplement voulu éviter quelque mot imprudent jeté devant la foule. Elle avait lu sa messe, pendant qu'on la célébrait au village ; et la baronne de Kernizan, agenouillée à ses côtés, lui avait donné le spectacle d'un piété parfaite. Et comme c'était une personne de décision que la jolie baronne, elle avait ensuite, et très nettement, abordé la question :

— Vous savez, ma tante, que j'ai toujours désapprouvé votre rigueur à l'égard du pauvre enfant?... Pardonnez-moi d'éveiller ce cruel souvenir ; mais je crois que l'heure est grave... Votre petit-fils...

Sans la présence de Karadeuc dans le pays, la marquise eût certainement imposé silence à sa nièce. Mais la baronne put continuer, avec une touchante hypocrisie :

— Votre petit-fils est un homme aujourd'hui ; vous n'auriez qu'à prononcer un mot pour que nous le retrouvions ; et je vous ai dit souvent que ce serait mon désir le plus cher.

La marquise mit la main sur le bras de sa nièce.

— Je t'en prie, mon enfant, n'ajoute pas à mes souffrances. Occupons-nous simplement de la démarche que ce Karadeuc ne va pas manquer de tenter auprès de moi... Tu as prononcé, ce matin, le mot de chantage? Non, ne crains rien de ce vieux brave homme; j'imagine plutôt qu'il vient m'adresser une prière semblable à la tienne... Et je ne veux pas l'entendre; je n'en aurais plus le courage...

— Cependant, vous le recevrez, ma tante? interrogea doucereusement la baronne.

— Sans doute; mais tu ne me quitteras pas, et tu sauras l'arrêter s'il voulait aborder ce malheureux sujet... Autrefois, je lui aurais imposé silence, d'un geste; aujourd'hui, je suis si vieille, si brisée!... Je compte sur toi?... Dieu! Le voici!

D'une fenêtre de son salon, elle venait de voir Karadeuc, montant au château en se dandinant.

Il n'aurait pas été aussi brave en pleine nuit; mais, par cette belle journée, douce comme au mois de mai quoiqu'on fût en automne, il n'avait rien à redouter des morts. Par exemple, il pleurait un peu, confondant dans ses souvenirs son petit Yann, ses parents, le marquis de Trevenec et Marie Lepleven. Et il trembla légèrement en pénétrant dans le petit cimetière, qui était à mi-chemin du château. Il n'y fit pas une longue station : un agenouillement sur chaque tombe, avec un signe de croix; et déjà il ressortait, se sentant tout de même plus à l'aise sur le sentier que balayait le vent de la mer. Et, maintenant, il allait droit au château. Jeanne-Marie avait déjà reçu l'ordre de l'introduire auprès de sa maîtresse.

La vieille servante lui donna bravement une poignée de main et lui jeta un long regard :

— Madame t'attend!... Ah! si tu pouvais la consoler!

Et elle l'introduisit dans le salon. La marquise se levait comme simplement étonnée, tandis que la baronne attachait son froid regard sur le vieux marin. Karadeuc était entré, son chapeau roulé dans la main, et il hourlinguait, comme faisait son bateau quand il était à l'ancre par un gros temps. La marquise tremblait légèrement ; elle ne dit pas une parole. Elle attendait évidemment que Karadeuc expliquât, avant tout, le motif de sa venue à Trevenec. Il le comprit du moins ainsi ; et, roulant de plus en plus furieusement son chapeau :

— Voilà, madame la marquise! Le curé d'ici passait par Cherbourg, il est entré chez nous pour nous dire qu'il avait fait certaines prières que je lui avais demandées. Et alors, comme il repartait et que moi j'allais à la pêche, je lui ai offert, si ça ne le gênait pas, de le ramener à Trevenec... Et voilà, madame la marquise!... Et quoique nous ne nous soyons pas très bien quittés, il y a une vingtaine d'années, je me suis dit que ça ne serait pas convenable de ma part de traverser le pays sans monter vous faire ma visite...

— Ce curé, interrogea en frémissant la marquise, que lui as-tu dit?

— Moi! fit Karadeuc, bouleversé par la soudaine agitation de la douairière.

— Oui, toi! Tu comprends bien de quoi je veux parler?

Elle lui jetait un regard devant lequel il baissa les yeux.

— Hélas! oui, je comprends! répondit-il avec un geste désolé.

— Eh bien?

— Eh bien... Il ne m'a rien demandé... Et je ne lui ai rien dit!

La marquise se calma avec autant de facilité qu'elle s'était emportée. Puis, d'un ton affectueux, elle demanda des nouvelles de Mme Karadeuc et de toute la famille; et, comme Karadeuc était charmé de l'intérêt qu'après tant d'années on portait encore aux siens, la marquise ajouta avec une sorte de câlinerie :

— Est-ce que vous n'allez pas bientôt vous reposer, ta femme de son commerce, et toi de ta pêche, et venir achever vos jours tranquillement ici?

— Ici, madame la marquise! bégaya Karadeuc.

— Et pourquoi pas?

— A Trevenec?

— Qu'est-ce donc qui t'en empêcherait?

— Mais c'est une chose toute naturelle, déclara doucereusement la baronne; et je ne comprends pas votre étonnement, mon ami...

Karadeuc s'était emparé des mains de la marquise et les baisait en sanglotant.

X

GILBERT MOREL

... L'escadre du Tonkin, commandée par l'amiral Courbet, venait d'entrer dans la mer Rouge. Et une impression un peu triste se répandait parmi les équipages. Jusqu'à Port-Saïd, on avait gardé le souvenir éclatant du départ de Toulon, par un soleil superbe, un ciel d'un bleu doux saupoudré de *mignons* nuages gris et une mer calme qui glissait comme une caresse le long des navires... Et l'entrain et la plus franche gaieté n'avaient cessé de régner à bord des navires, renouvelés par la vue du canal de Suez, une œuvre française. Mais, avec la mer Rouge, c'était le commencement du domaine des Anglais, ces interminables mers, où, pendant près d'un mois, on ne retrouve plus les couleurs françaises que si l'on *remonte* jusqu'au ravissant pays de Mahé. Aden! Socotora! Ceylan! Partout le drapeau britannique!

Et cela, par une chaleur qui, chaque jour, devenait de plus en plus accablante. Et la plupart du temps, un lourd silence régnait sur l'escadre : on songeait maintenant à l'inconnu, à ce Tonkin mystérieux où l'on allait soutenir le drapeau de la patrie. Parfois, la crainte de ne pas revenir, l'ombre de la mort passait sur les visages; et, si l'on avait demandé alors aux matelots, aux soldats à quoi ils songeaient, ils auraient unanimement répondu :

— Au pays!

Ce mot qui dit tout, le coin de France où l'on a vécu, la famille, les bons amis, parfois une promise... Les marins n'écrivent pas souvent à la famille, ce n'est guère commode, ou commencent des lettres qu'ils ne terminent jamais; mais ils l'aiment par-dessus tout, en grands enfants qu'ils ne cessent jamais d'être... Et ils se consolent plus aisément s'ils ont un camarade du même village, avec qui, de temps en temps, on puisse se dire *un mot* de là-bas.

Ce bonheur, Sylvestre Karadeuc en jouissait pleinement, et d'une façon particulièrement douce, depuis que son capitaine connaissait son père. Il était confiant avec Gilbert Morel comme il l'eût été avec un gars de son pays. Et ils avaient, tous les matins, une façon de se dire bonjour du coin de l'œil qui valait les plus chaleureuses protestations d'amitié. Sylvestre n'abusait pas de l'affection que lui portait son capitaine : seulement, quand le capitaine voulait bien causer avec lui, eh bien, il était heureux, voilà tout! Ils ne se disaient pas grand'chose, d'ailleurs : quelques mots sur ce que devaient faire les parents, en France, ou bien une allusion à cette bienheureuse apparition à la sortie de la passe de Cherbourg.

Gilbert n'avait pas besoin de ce souvenir sans cesse évoqué pour songer à sa mère. Jamais il n'avait mieux compris à quel point il était tout pour elle; et maintenant il regrettait presque d'avoir choisi cette carrière qui le séparait d'elle pour toute la vie. C'est qu'il avait ça dans le sang, évidemment, comme Mme Karadeuc l'avait dit à sa mère. Oui, tout petit, quand on le menait au bazar, pour acheter un jouet, il lui fallait un bateau et des matelots de bois.

Il songeait à toutes ces choses, la nuit, quand la chaleur le chassait sur le pont de son torpilleur. Il s'était assez rapidement habitué à cette maudite trépidation, et, appuyé à la petite balustrade de fer, il se perdait souvent dans ses souvenirs, s'imaginant parfois que sa mère venait s'accouder auprès de lui. Et il revoyait le modeste intérieur de jadis, dans un quartier excentrique : sa mère seule pour tout son ménage; le père sans cesse absent, absorbé par ses affaires; et sa mère et lui, vivant dans un bonheur exquis, doux, uniforme, que les apparitions du père changeaient soudain en une série de fêtes, d'enchantements...

Le matin, oh! il se souvenait de cela comme si c'était hier, il appelait aussitôt qu'il s'éveillait : sa mère accourait, vêtue d'une robe de chambre usée, et coquette malgré cela, et il gazouillait tandis qu'elle le mangeait de baisers. Très sage, très obéissant, il ne se levait que lorsque sa mère le permettait, après lui avoir porté son déjeuner dans son petit lit; elle mangeait auprès de lui, commençant leur délicieux tête-à-tête de la journée. Plus tard, il l'aida un peu, avant de se mettre à ses devoirs. Quand elle descendait au marché, il l'accompagnait, tenant nerveusement sa main, s'accrochant à ses jupons lorsque la ménagère avait besoin de ses deux mains pour fouiller dans les voitures. Et, après le déjeuner, où il s'était adorablement fait gâter, les bonnes promenades, qui aboutissaient régulièrement au bassin des Tuileries!

Elle ne s'était jamais séparée de lui, jusqu'à l'époque de son admission à l'École navale, ils ne s'étaient jamais quittés que pendant les heures du lycée. Elle allait le conduire elle-même, revenait le chercher, s'informait des moindres détails de ses études; et, le soir, assis près de sa petite table, plus tard près de son tableau noir, elle suivait toutes ses pensées. Et, deux fois par semaine, les devoirs terminés et les leçons apprises, ils relisaient la bonne lettre de père, toute pleine d'affection et de confiance. Les premiers temps, M. Morel recommandait à son fils de bien entourer sa mère, de lui éviter la moindre contrariété; il ne le fit pas longtemps, son fils étant un modèle d'enfant, déjà sérieux, un petit homme qui se considérait comme le gardien de sa maman.

Puis, on avait changé d'appartement; la modeste installation de jadis avait été remplacée par des meubles simples mais très confortables : les économies sagement amassées, grâce au travail du père, rendaient la vie plus facile.

— On ne se privera plus de rien, déclara-t-il. Et encore dix ans de travail, et je me reposerai avec vous, mes chéris.

C'était leur unique chagrin, ces perpétuelle absences...

En grandissant, Gilbert voulut connaître les affaires de son père; M. Morel répondit, avec une nuance d'embarras, que c'était des affaires à la commission pour toutes sortes de marchandises, pour diverses maisons; mais il ne désigna pas plus clairement ni ces maisons ni ces marchandises. Et Gilbert n'en parla plus, comprenant que son père devait en avoir par-dessus la tête de ce métier qui le tenait sans cesse éloigné des seuls êtres qu'il aimât en ce monde.

— Quand tu seras un homme, j'en aurai fini avec ces maudits voyages, lui disait parfois M. Morel d'un ton de lassitude; tu choisiras la carrière qui te conviendra, j'aurai une petite fortune, de quoi te bien soutenir; nous ne nous quitterons plus, et, à nous trois, nous serons bien heureux!

Lorsqu'il eut dépassé quatorze ans, il annonça à sa mère : qu'il voulait être marin.

Et cela suffit pour troubler à jamais l'existence de Mme Morel. Elle eut pourtant le courage de résister, d'abord.

— Sois militaire, si tu veux ! Mais pas marin !..

Militaire ! Ce serait déjà un assez grand sacrifice : du moins, elle pourrait le suivre dans ses garnisons ; ou, quand elle le quitterait, elle aurait de ses nouvelles plusieurs fois par semaine ; s'il était malade elle irait le soigner... Troublé par la résistance de sa mère, à qui il avait d'abord fait la confidence de son désir, dans la pensée qu'elle le soutiendrait auprès du père, Gilbert sembla se résigner ; et cependant tous les métiers dont on lui parlait lui semblaient absurdes : jamais son esprit aventureux ne se plierait aux exigences de la vie de bureau ni à la minutie un peu terre à terre de la vie de caserne. Il éprouvait un mystérieux désir des longs voyages, des grands espaces... Les moments les plus heureux, dans son existence d'enfant adoré, étaient ceux où sa mère le conduisait, aux vacances, sur quelque petite plage de Bretagne : il barbotait avec les enfants de matelots comme s'il eût été des leurs. Et maintenant, sa pauvre mère gémissait :

— Moi qui le conduisais là-bas pour sa santé !

Gilbert n'osait plus en rien dire ; il se promettait même de taire ses pensées devant son père.

— Il ne faut pas que je lui gâte le peu de jours qu'il passe auprès de nous.

Mais la nuit même qui suivit le retour de M. Morel, il fut réveillé par des sanglots. Sa chambre communiquait avec celle de ses parents, et sa mère, après être venue le « border », le dorloter une dernière fois, avait oublié de refermer la porte.

— Mon Dieu ! bégayait la pauvre femme, au milieu de ses larmes, n'avoir que cet enfant et le perdre !... Mais j'en mourrais, mon ami !

Le père, d'une voix douce, mais très ferme, répondait :

— Tu sais pourtant bien que nous ne devons pas le contrarier... Aimons-le ! Adorons-le ! Consacrons-lui toute notre vie ! Mais pour le choix d'une carrière, laissons-le suivre son impulsion qui lui vient certainement de Dieu !

— Tu me brises, mon ami !

— Eh ! crois-tu donc que je ne souffre pas autant que toi ? Toi, tu le possèdes depuis son enfance, ta vie s'est passée à jouir de lui !... Moi, j'ai le courage de le perdre au moment où je jouirais du bonheur que j'ai gagné pour nous trois... Gilbert veut être marin, il le sera.

Le lendemain, son père, sans montrer la moindre émotion, lui annonçait qu'il avait converti sa mère.

— Tu seras marin, mon enfant, puisque tu le désires, et j'ai la persuasion que tu arriveras très haut.

Gilbert suivit donc les cours de l'Ecole navale ; après une seule année d'étude, il fut reçu, fait peu ordinaire, et reçu dans les premiers numéros. Son père lui adressa alors quelques recommandations :

— Te voilà dans une carrière où l'on vit de perpétuelles émotions, des départs, des arrivées, des absences qui n'en finissent pas... Ta mère redoute les secousses, elle a le cœur très faible : évite de jamais la brusquer, ne la laisse jamais sans nouvelles, n'arrive jamais sans t'annoncer...

— Père, interrompit Gilbert, je commence à me demander si je n'ai pas eu tort : le chagrin de ma mère m'enlève tout mon courage.

— Va, mon enfant ! Et sois ambitieux ; il n'y a qu'une chose qui soit comparable à l'amour des mères, c'est leur orgueil...

Sois ambitieux ! Une recommandation qu'on n'avait pas besoin de lui faire. Il avait marché avec une rapidité insensée, et il savait que, malgré sa jeunesse, il gagnerait le grade de lieutenant de vaisseau à sa première action d'éclat.

Pour calmer les impatiences de sa mère, il avait pris l'habitude de lui adresser un journal de sa vie, avec des croquis, des portraits.—Or, un jour, il était en train d'écrire; et il venait de jeter sa plume pour en prendre une plus fine, et il commençait un dessin délicat, une tête de jeune fille, lorsque Sylvestre ouvrit la porte de sa minuscule cabine, en annonçant : — Le lieutenant de Montmoran.

— Je m'ennuyais, dit Philippe, je viens tailler une bavette avec vous... Mais qu'est-ce donc que cela ?

Et il désignait la petite ébauche de Gilbert. Gilbert rougit très vivement, et il voulut cacher son ébauche ; mais il était trop tard. Philippe l'avait prise et l'examinait attentivement.

— Une tête de jeune fille, n'est-ce pas ?

Très troublé, Gilbert répondit :

— Ma mère veut connaître mes voyages dans leurs moindres détails ; j'anime mon récit de petits croquis... Et justement, avant de quitter Toulon, je lui ai envoyé votre portrait...

Philippe fixa un long regard sur son ami ; puis, revenant au croquis :

— La sœur après le frère, n'est-ce pas? Quelle étonnante mémoire vous avez !

Gilbert avoua qu'en effet il parlait en ce moment à sa mère de la famille de Montmoran, et il montra à son ami les traits de l'amiral, de sa femme, jetés en quelques coups de plume.

Et, appuyé à la balustrade de fer, il se perdait souvent dans ses souvenirs. (Page 104.)

— Vous ne m'en voudrez pas, je pense, d'avoir essayé de faire connaître à ma mère Mlles de Montmoran?

Il mentait, et il mentait mal, le pauvre Gilbert, car il ne songeait pas du tout à la cousine de Viviane; c'est de Viviane seule qu'il voulait fixer les traits avec un soin particulier.

—Continuez donc, dit Philippe ; mais, de tout autre que vous, je me serais blessé d'une telle liberté. Je vous demande seulement que cet album, ce carnet de voyage, ne soit vu de personne.

— Ah! soyez bien tranquille ! s'écria Gilbert en tendant la main à Philippe.

Il aurait considéré comme une profanation de montrer à tout autre qu'à son frère le visage de Viviane.

— Et moi qui ne vous connaissais pas ce joli talent ! reprit Philippe. Vous avez ainsi une foule de vertus cachées...

Il alluma un cigare.

— Je ne vous en offre pas?... Vous ne fumerez donc jamais ?... Oh! je n'insiste pas : ma provisions de *conchas* s'épuise... Le portrait de ces demoiselles me permet-il de fumer?...

— Je crois que ces demoiselles n'ont jamais rien su vous refuser, dit Gilbert en souriant.

Devant la cordialité de Philippe, il retrouvait son calme.

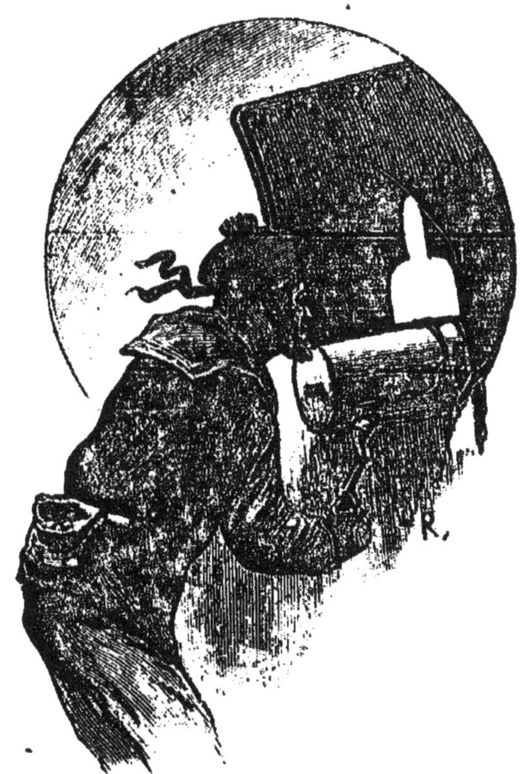

Le quartier-maître Héleine qui démolissait... (Page 112.)

Et, tandis que Philippe s'entourait de fumée, il avait repris sa plume et dessinait assez tranquillement : il arrangeait deux médaillons enlacés par une guirlane de fleurs ; et les têtes se montraient, naïvement modelées mais avec un sentiment très juste de leur caractère différent : Viviane, forte, énergique, altière ; et Madeleine, mignonne, douce, petite violette auprès de son aînée.

— Ah ! vous flattez ma petite Madelon, déclara Philippe : vous en faites une vraie jeune fille...

— Mais je l'ai vue ainsi ! s'écria Gilbert.

— C'est encore une enfant ! affirma presque dédaigneusement Philippe.

Et, oubliant aussitôt Madelon :

— Mon Dieu ! quand donc arriverons-nous au Tonkin ? C'est assommant, ce voyage qui n'en finit pas ! Et puis les torpilleurs, comme les cuirassés, vrai Dieu ! ça manque un peu trop de femmes...

Gilbert sourit en dessous.

— Parbleu, je vous envie ! prononça Philippe avec dépit : la femme n'a pas plus de prise sur vous que n'en auront, je l'espère, les boulets chinois sur la coque de nos torpilleurs... Mais, mon cher, la femme, il n'y a que cela de vraiment amusant en ce monde !

Gilbert eut un geste de dédain.

— Vous voudriez me faire croire, peut-être, fit Montmoran avec un haussement d'épaules, que pas une femme...?

— Non, dit très gravement Gilbert, pas comme vous l'entendez ! Vous ne cherchez, vous, chez la femme, que l'amusement ; et moi, je ne comprends que l'amour, l'union pour la vie de deux êtres qui s'aiment profondément, se confondant l'un dans l'autre, comme j'ai vu mon père et ma mère s'aimer.

— Mais, mon cher, il faut être amoureux, pour parler ainsi !

— Je ne crois pas, dit Gilbert en pâlissant ; car je ne suis pas amoureux...

— Bah ! s'écria Philippe avec un bel éclat de rire, je veux vous débaucher. On m'a raconté, en effet, que dans une descente que firent les enseignes à Alger, et dont vous étiez, vous surprîtes vos camarades par la perfection de votre sagesse...

— A Alger ? Oui, je me souviens... Je vous assure que je fus très gai. Seulement ma gaieté n'alla pas jusqu'au bout.

— Eh bien ! je me charge bien, moi, de forcer votre gaieté à dépasser les limites... Je vous organiserai, là-bas, une petite partie chez des Japonaises... Ah ! les Japonaises, mon ami, vous n'avez pas idée de leur gentillesse, de leur entrain : joyeuses comme des oiseaux ! un rire perpétuel... Et faites au moule, les coquines !...

— Prenez garde, dit Gilbert, le portrait de Mlle de Montmoran vous écoute...

Philippe eut une minute d'attendrissement.

— Chère sœur! murmura-t-il. Vous me ferez une copie de ces deux portraits?...

Puis, reprenant son allure gouailleuse :

— Mais je vous préviens que je vous débaucherai!

XI

THUAN-AN

Le 18 juillet 1883, l'escadre du contre-amiral Courbet arrivait dans la baie d'Along, splendide mouillage semé d'immenses rochers à pic affectant les formes les plus bizarres. Cette série de blocs gigantesques, qui semblent les restes de quelque monstrueuse convulsion de la terre, ont l'avantage, quand on ne s'est pas brisé en naviguant au milieu de leurs dangereuses passes, de protéger les navires contre toute tempête; les vents du large ne peuvent y arriver. Mais que de prudence, que d'habileté pour ne pas sombrer en tournant quelqu'une de ses dents! — C'est le nom que donnent les matelots à ces rochers, qui, rongés à la base par la mer, leur font l'effet d'une vieille mâchoire.

La division de Chine, commandée par le contre-amiral Meyer, était déjà mouillée dans la baie d'Along. Les deux contre-amiraux se saluèrent de treize coups de canon; et les deux escadres se trouvèrent réunies dans la baie, qui n'avait jamais vu tant de navires : des cuirassés, des transports, des canonnières, des croiseurs, des avisos, un yacht de guerre...

Un mois plus tard, après d'interminables négociations, — des négociations chinoises, — l'escadre d'opérations, commandée par le contre-amiral Courbet, quittait les parages de Tourane, dans lesquels elle attendait l'ordre de combattre, et se dirigeait lentement, avec une prudence extrême, vers les forts de Thuan-An, desquels dépendait le sort de Hué. Les illustres mandarins, qui dirigeaient les affaires de l'Annam, étaient bien persuadés que ces forts suffiraient pour arrêter la flotte française à l'entrée de la rivière de Hué. La ville de Hué, la capitale de l'Annam, est située dans une île à une petite distance de la mer.

Après quelques sondages, la flotte s'embossait devant les forts, et le pavillon français fut hissé au haut des mâts : le bombardement allait commencer. Les Annamites, qui regardaient tranquillement par les embrasures des forts, hissèrent leur drapeau jaune sur lequel s'étalait un terrifiant dragon rouge. Et, à deux heures, un obus, lancé par le *Bayard*, donnait le signal du combat. Aussitôt, tous les navires envoyèrent des projectiles sur les points précis qui leur avaient été indiqués. Pendant quelques minutes, les Annamites ne répondirent pas; et on se prenait à espérer que la résistance ne serait pas sérieuse, ce dont le commandant en chef, très avare de la vie de ses hommes, se réjouissait déjà, quand tout à coup les embrasures des forts s'éclairèrent : on ripostait. Riposte peu redoutable en ce moment, les canons ennemis n'envoyant que des boulets ronds, qui s'engloutissaient à mi chemin, après avoir fait des ricochets. Et cependant, malgré la supériorité de nos armes et l'extraordinaire précision du tir, les Annamites tenaient bon. Nos obus avaient déjà allumé des incendies dans le village, démonté plusieurs batteries : il y avait surtout le quartier-maître Héleine qui, avec une pièce de tourelle du *Bayard*, démolissait, l'une après l'autre, les pièces de la batterie de la Pagode. Et cependant le feu des ennemis ne cessait pas, non seulement celui des forts, mais aussi celui de petites batteries installées dans le sable, au ras de la mer.

On ne s'arrêta qu'à la nuit; tout le monde avait besoin de repos. Vers le matin, on se préparait à débarquer; mais le lieutenant de Montmoran, envoyé en reconnaissance, rapporta que d'énormes vagues, qui roulaient sur le rivage, rendraient le débarquement impossible. Et les matelots, déjà descendus dans leurs embarcations, remontèrent en grognant : c'eût été une si bonne partie de plaisir, pour un dimanche, car c'était un dimanche, d'aller taper sur les faces jaunes! Les faces jaunes faisaient des mouvements de concentration, passaient, dans des sampans, d'une rive à l'autre; et les forts recommençaient bravement le feu. On avait dû y amener de nouveaux canons dans la nuit; car, ce jour-là, leurs boulets arrivèrent à l'escadre, traversant la hune de la *Vipère*, enfonçant la coque du *Bayard*, blessant plusieurs hommes. Cela devenait sérieux. Le contre-amiral fit recommencer le bombardement. En quelques minutes tout fut fini; la position n'était plus tenable dans les batteries annamites. On se reposa le reste de la journée. Malgré le coup de sifflet qui permettait les jeux, les matelots dormaient un peu partout.

La nuit suivante, vers trois heures, les compagnies de débarquement se préparaient, pour de bon cette fois.

Gilbert Morel commandait l'une d'elles: les torpilleurs devenant inutiles, le contre-amiral l'avait désigné pour ce poste, afin de lui faire gagner, à la pointe du sabre, son grade de lieutenant, et il s'y préparait très tranquillement sans songer qu'il pouvait aussi bien trouver la mort...

Déjà, tous les hommes étaient dans les canots, les canons de 65 millimètres démontés pour la traversée. Le *Bayard* donna le signal en tirant un coup de canon; et la petite flottille, remorquée par des baleinières à vapeur, se dirigea vers la terre. Les Annamites tiraient furieusement, ne s'imaginant pas, d'ailleurs, que cette petite troupe eût l'audace de venir attaquer leurs retranchements, qui se développaient sur une ligne de près de deux kilomètres : bien certainement, ils les auraient tous tués avant qu'ils pussent toucher terre. Mais les canots avançaient, comme pour une promenade dans la rade de Toulon. On était d'une gaieté et d'un entrain!... Il fallut se jeter à l'eau à une certaine distance de la terre; on était mouillé jusqu'à la ceinture, on en riait : les armes n'étaient pas mouillées, elles, on le verrait bien tout à l'heure; les Annamites, surtout, pourraient le constater. Gilbert Morel atteignit le premier la terre, suivi à deux secondes près par l'enseigne de vaisseau Olivier. Puis, les marins du *Bayard*, ceux de l'*Atalante* et du *Château-Renaud*...

L'infanterie de marine occupait l'aile gauche, les marins l'aile droite. Et c'était à qui pousserait le plus vite en avant, pour aller imposer silence à ces désagréables batteries. Heureusement, les canonniers annamites tiraient mal, leurs boulets rasaient la plage, et les matelots sautaient pour les éviter, comme s'ils avaient joué à la balle. Les troupes annamites qu'on avait rangées au pied des forts se décidèrent enfin à fuir, après une solide résistance, et mirent le feu au village de Thuan-An, pensant sans doute nous arrêter. Est-ce qu'on arrête des bandes de matelots lancées à l'assaut? La batterie de la pagode des bains du roi tomba la première en notre pouvoir. Et la marche en avant continuait furibonde.

« La marée humaine hérissée de baïonnettes monte toujours à la course, un peu en désordre ; les matelots, lancés, y vont comme des enfants. Puis, brusquement, ils s'arrêtent, reculent de deux pas. Une nouvelle tranchée remplie de têtes humaines !... Toutes ces figures viennent de surgir à la fois, sous une rangée de chapeaux chinois de forme abat-jour ; leurs petits yeux à coins retroussés regardent avec une expression fausse et féroce, dilatés par une vie intense, par un paroxysme de rage et de terreur[1]. »

Oui, les matelots avaient hésité soudain, ainsi que le raconte le merveilleux écrivain à qui nous devons les plus belles pages qui aient été écrites sur cette guerre lointaine. C'est que les hommes de cette grande tranchée étaient superbes, aguerris, les soldats réguliers de l'Annam, que la pluie d'obus n'avait pu réussir à déloger de leur trou et qui barraient courageusement le passage à la trentaine de braves qui couraient en avant. Ils eurent peur un moment, presque une minute, les jeunes matelots, pour sans doute de ces visages extraordinaires, inconnus, de ces regards obliques... quelque chose d'irraisonné qui aurait pu changer cette minute d'arrêt en déroute, si Gilbert Morel ne s'était jeté dans la tranchée en criant :

— En avant !

Les Annamites se redressaient. Un lieutenant de vaisseau de l'*Atalante* prononçait rapidement des paroles de courage, d'honneur, pour entraîner ses hommes. Et enfin, les voilà tous dans la tranchée, Sylvestre le premier. Et un élan de rage, avec des cris de victoire !... Et une terrible décharge des « gros paquets » écrasa les réguliers annamites comme un coup de tonnerre. C'était fini ! La panique avait commencé. Les Annamites étaient vaincus ; ils fuyaient en désordre, tandis que les matelots montaient toujours en courant. Et puis, ce fut la batterie ronde... Et puis, le fort des Cocotiers, le fort des Magasins de riz, les forts du Nord. Enfin, le fort Central. Les batteries de 56 millimètres, rapidement remontées, les avaient criblés d'obus ; les compagnies de débarquement finissaient de les enlever au pas de charge...

Ah ! comme ces vaillantes troupes méritaient bien l'ordre du jour qu'on afficha sur les navires :

1. Pierre Loti.

« *États-majors, équipages et troupes de la Marine et des Colonies.*

« Vous avez vaillamment combattu, vous avez montré une fois de plus ce que la France peut attendre de votre patriotisme.

« Le roi d'Annam a demandé une suspension d'armes, le commissaire général civil est à Hué pour traiter.

« En quelques jours, vous avez donné un nouveau prestige au nom français dans l'Extrême-Orient.

« Voilà les premiers résultats de vos succès.

« La France entière y applaudira.

« *A bord du* Bayard, *devant Thuan-An, le 24 août 1883.*

« Le contre-amiral commandant en chef la division navale du Tonkin, « A. Courbet. »

Après le combat, Gilbert Morel était resté à terre, où il devait aider à l'installation du corps expéditionnaire, pour lequel on débarquait quatre mois de vivres. L'agitation du combat passée, le lion furieux qu'il avait été disparaissait pour faire place à l'enfant au cœur simple, tout jeune ; et, son service accompli, son premier soin, dans la paillotte du fort des Cocotiers, où il avait momentanément élu domicile, était, quelques jours après, de reprendre son journal, qu'il adresserait à sa mère par le prochain courrier. Et le récit qu'il lui faisait de l'attaque de Thuan-An ne ressemblait guère à celui qu'elle lirait dans les journaux. Il insistait longuement sur le bombardement qui, disait-il, avait réduit l'ennemi à l'impuissance ; et quant au débarquement, cela n'avait été qu'une simple promenade, les Annamites avaient lâché pied sans combattre...

« C'est à peine, mère, si j'ai eu à tirer mon sabre... »

Et il lui recommandait de se défier des correspondants de journaux qui, ne connaissant pas les choses de la guerre, prennent les incidents les plus simples pour d'horribles combats. Il voulait lui persuader qu'il n'avait couru aucun danger.

Comme il achevait son récit, Sylvestre, qui ne le quittait plus, lui annonça la visite du lieutenant de Montmoran. Philippe était cruellement vexé : on s'était battu, et il n'avait rien fait.

— Je vous félicite de tout mon cœur, s'écria-t-il en embrassant Gilbert ; mais je suis jaloux de vous.

Et il raconta ses malheurs : le commandant en chef ne

l'avait employé qu'à faire des sondages, à reconnaître des points douteux.

— Tandis qu'il ne sait rien vous refuser, à vous... Mais je suis décidé à prendre ma revanche...

— A la prochaine affaire?

— Non, puisque la paix est signée. Mais si la guerre aux hommes est terminée, il me reste la guerre aux femmes...

— Incorrigible!

Et, après un silence :

— Voulez-vous m'accompagner, cette nuit? proposa Philippe.

— Comment, déjà?... fit Gilbert, riant de bon cœur.

— Mon cher, je ne sais quand se représentera une aussi charmante occasion : mais, figurez-vous...

Et son visage devenait joyeux, comme s'il allait parler d'une jolie petite conquête parisienne; Gilbert l'interrompit.

— Je vous préviens que j'ai déjà vu de charmantes petites Annamites et que je ne pourrai jamais me faire à leurs dents noircies à la laque et à leurs lèvres tuméfiées par le bétel.

Mais Philippe haussait les épaules.

— Les petites Annamites?... Oui, vous avez raison... J'en ai cueilli une, le lendemain même de la chute des forts... On m'avait envoyé reconnaître une des passes de la rivière de Hué; et, dans un village de pêcheurs, j'ai rencontré une jeune beauté, qui rampait entre les cases de bambou... Vous avez raison : ça ne vaut pas la peine... Quand on voit voit ça au jour... brrr!...

Mais il ne s'agissait plus des filles de l'Annam. Philippe avait trouvé bien mieux dans ses excursions. — En suivant, en canot, un petit arroyo, dont l'embourchure était perdue dans les sables, il était arrivé devant une grande habitation...

— Une merveille, mon ami! Evidemment l'habitation de quelque gros personnage. Des murs de porcelaine absolument exquis, un jardin admirable...

— Vous êtes entré dans le jardin?

— Et dans la maison, mon ami. Un pli de terrain protège cette délicieuse habitation contre les curieux; c'est la retraite d'un homme délicat qui s'entend, je vous le jure, aux choses de la vie.

— Un Chinois?

— Je pencherais plutôt pour un Musulman, si j'en juge

par la quantité de petites femmes qui vivent là pour son bon plaisir : Annamites, Chinoises et autres, et même deux négresses, et surtout trois bijoux de petites Japonaises... Ah ! je vous avais prévenu que ce serait avec de petites Japonaises...

— Et le maître du lieu ?

— Absent ! C'est tout ce que j'ai pu comprendre sur lui ; et je ne demande pas à en savoir davantage sur son compte. Refusez-vous encore de m'accompagner ?

Sans hésiter, Gilbert répondit :

— Oui, mon service me retient ici ; et puis, ces petites aventures peuvent très mal tourner...

Philippe éclata de rire.

— Vous êtes trop sage, Gilbert ; vous me forcerez à contenter, à moi tout seul, Fleur-de-Lotus, Fleur-d'Amandier et Fleur-d'Anémone ; car, dans l'impossibilité où je suis de me renseigner sur leur état civil, ce sont les noms que j'ai donnés à mes petites Japonaises. Refusez-vous toujours ?

— Sérieusement. Je vous jure que c'est une folle imprudence, dans ce pays ennemi...

— Vous avez tort, répliqua insouciamment Philippe : je vous réservais Fleur-de-Lotus, qui est tout bonnement adorable.

XII

GENTILHOMME EXOTIQUE

Gilbert avait refusé sans une hésitation ; et cependant Philippe l'avait à peine quitté qu'il regrettait de ne pas avoir consenti à l'accompagner : non qu'il songeât aux divins enchantements qui attiraient son ami, — sans pose aucune, il souriait de ces choses-là, — mais il se représentait les dangers au-devant desquels Philippe courait avec une si jolie insouciance.

— S'il lui arrivait un malheur, que dirais-je à sa mère... à sa sœur ?...

Il passa une nuit atroce ; il ne se coucha même pas : il demeura plusieurs heures sur un « mirador », surveillant la campagne toute noire, cherchant vainement à voir dans les ombres, guettant les bruits, s'imaginant qu'il allait entendre quelque appel désespéré. Et il ne consentit à se reposer que lorsque, dans les premières lueurs du matin, il aperçut au loin, entourée de brume, l'embarcation qui ramenait Philippe de Montmoran.

— J'espère, lui dit-il dans la journée, que, maintenant que votre fantaisie est satisfaite, vous ne recommencerez plus semblable expédition?

— Ce soir on me donne une fête, répliqua gouailleusement Philippe.

Le soir, Gilbert se décidait à aller retrouver son ami, au momment où celui-ci se préparait à partir.

— Enfin! Vous m'accompagnez? s'écria Philippe.

— Pas pour le motif que vous croyez; mais je vous accompagne tout de même.

Le lieutenant se montra fou de joie et déclara que ce serait une fête charmante : les Japonaises lui avaient fait comprendre qu'elles auraient des musiciens, qu'elles danseraient pour lui...

— Un petit paradis, mon ami!

— Bon, bon! fit Gilbert avec un léger haussement d'épaules. J'ai amené Sylvestre, qui montera la garde pour nous; j'ai remarqué ce matin que vous étiez seul...

— C'est que je ne voulais pas enlever mes hommes à leur poste : on aurait pu croire qu'ils faisaient une escapade pour leur compte et les punir... Je me sers même d'un simple sampan annamite pour ne pas compromettre un canot de la flotte dans mes aventures.

— Nous nous contenterons très bien du sampan; mais vous allez me promettre que cette soirée sera la dernière?

— Je puis d'autant mieux vous le promettre, Gilbert, que, demain matin, je rejoins le *Bayard*.

Les deux amis partirent à la nuit, simplement accompagnés de Sylvestre, que cette petite expédition amusait beaucoup; il n'avait pas encore d'amoureuse, et l'idée de quelque gentille Annamite, dont l'obscurité dissimulerait les dents noires, ne lui déplaisait nullement.

Le sampan, après avoir longé la côte, fit quelques détours au milieu des sables : Philippe donnait les indications nécessaires. Et on se trouva bientôt dans une petite rivière qui courait d'abord entre des rives sèches, mais qui fut promptement encaissée dans une végétation épaisse et basse, qui la faisait toute noire. Au bout d'une heure et demie, on était loin de tout : de la mer, des villages, des forts. Une paix infinie régnait sur les choses. Philippe plaisantait à voix basse, tandis que Gilbert se disait :

« Nous tomberions dans quelque guet-apens qu'on ne saurait jamais ce que nous sommes devenus. »

Ils arrivèrent enfin à la jolie maison perdue dans les arbres. Et comme ils touchaient le bord de la rivière, ils entendirent une musique douce, faite d'accords monotones qui avaient cependant un grand charme dans le calme de la nuit. Ils sautèrent à terre; une vieille servante les attendait, tellement les rendez-vous amoureux se ressemblent dans tous les pays. Elle sourit humblement et leur fit signe de la suivre. Ils passèrent par un jardin embaumé, qui descendait jusqu'à la rivière : dans une case de bambou et de papier, semblable à quelque énorme lanterne, les trois Japonaises, extraordinairement parées, les attendaient. Dans un coin, tapis sur des nattes, des musiciens annamites frappaient nonchalamment sur des gongs, disposés comme les touches d'un orgue.

Les Japonaises accueillirent leurs visiteurs par une fusée d'éclats de rire; et une d'elles se jeta fort tendrement au cou de Philippe, tandis que les deux autres prenaient Gilbert par la main et se mettaient gentiment sous ses yeux, comme pour dire:

— Choisis!

Il aurait cédé à cette jolie tentation... qu'il n'aurait pas eu le temps d'en jouir. Sylvestre venait de pénétrer en courant dans la case des Japonaises; et, les yeux élargis par l'effroi, la poitrine toute secouée, il bégayait, en s'appuyant sur une table de laque :

— Mon capitaine, nous sommes flambés!

La terreur, comme l'amour, se comprend dans toutes les langues. Sylvestre était à peine entré que les musiciens annamites, abandonnant leurs instruments, passaient par-dessous les nattes qui fermaient la paillotte, et disparaissaient sans un cri. Les Japonaises étaient tombées à genoux, les mains tendues vers les deux officiers, et elles articulaient des sons extraordinaires, à demi étouffés dans leur petite bouche, et qui, bien certainement, signifiaient :

— Défendez-nous!

Et elles écoutaient Sylvestre, comme si le français n'eût

pas été une langue inconnue pour elles : elles suivaient son récit à l'expression de ses lèvres.

Ah ! ce n'avait pas été long : au moment où lui-même prenait terre, après avoir amarré le sampan à des branchages, et où il songeait à faire un peu comme ses officiers, plusieurs sampans étaient arrivés en sens inverse, deux ou trois ; et

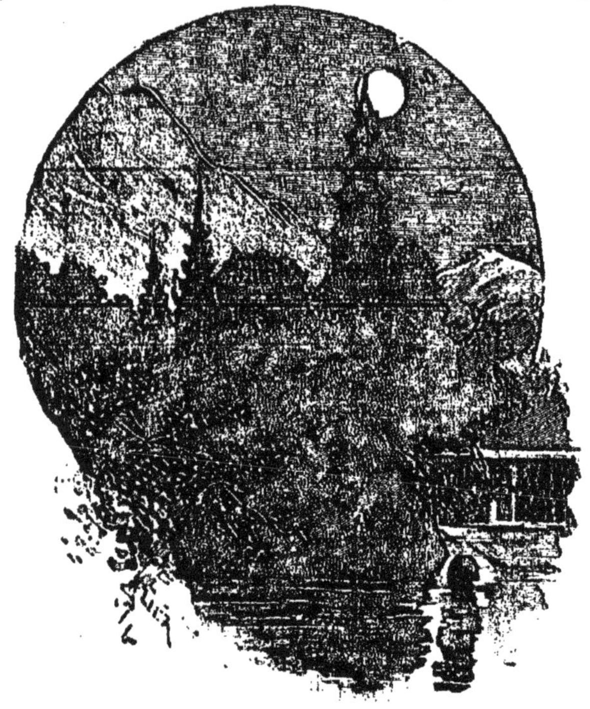

Évidemment l'habitation de quelque gros personnage, des murs de porcelaine absolument exquis. (Page 116.)

vingt, trente hommes en étaient descendus. D'autres hommes, cachés dans le jardin, étaient venus au-devant d'eux. Puis un individu assez grand, qui parlait sec, le maître du lieu sans doute, avait donné des ordres, et les hommes s'étaient dispersés par trois ou quatre en diverses directions. Sylvestre aurait pu filer à ce moment, sauver sa peau ; mais il n'y a pas exemple de chose pareille dans la marine. Si ses maîtres devaient y passer, il y passerait avec eux.

— S'ils sont trente, dit joyeusement Philippe, la partie est égale.

Gilbert, quoique n'éprouvant pas un symptôme d'effroi, n'avait pas la même assurance. Il est facile de se battre au grand jour; mais que faire contre un guet-apens, contre des assassins.

Courir à la rivière? S'embarquer, en tirant au hasard dans

Bien qu'il portât le costume d'Annam, son visage n'avait rien d'asiatique. (Page 122.)

les feuillages des coups de revolver?... C'était peut-être le moyen le plus raisonnable de salut; mais que deviendraient les pauvres petites Japonaises?

— Ce serait peu galant de les abandonner sans connaître le sort qui leur est réservé, dit Gilbert.

— Eh! parbleu, répliqua tranquillement Philippe, le maître du lieu leur ferait couper le cou sans remords...

— Et de si jolis petits cous?

— Nous ne pouvons décemment pas partir sans être maîtres du champ de bataille.

— Si l'on nous permet de livrer bataille, mon ami.

Le silence de la nuit n'était guère plus troublé que par les sanglots des Japonaises. Au dehors, c'est à peine si l'on pouvait distinguer quelques bruissements de feuilles; mais cela suffisait pour comprendre le mouvement de l'ennemi : les Annamites avançaient en vrais sauvages, rampant à terre, resserrant leur cercle autour du pavillon.

— On va nous tirer comme des animaux pris au piège, dit Gilbert.

— Si on sortait? proposa Sylvestre dont la terreur instinctive, celle pour des choses mystérieuses de l'Orient, s'était évanouie au contact du tranquille courage de ses officiers.

— Mais non, dit Philippe : ici, nous pouvons voir, grâce à toutes ces lanternes; dans le jardin nous ne verrions plus, et ces drôles, cachés derrière les feuilles, nous massacreraient sans que nous sachions seulement où riposter... Gilbert, je suis vraiment désolé...

Gilbert lui mit la main sur le bras.

— Pas de mots inutiles, Philippe. —Je suis d'avis, comme vous, que nous ne devons pas quitter ce pavillon; nous n'arriverions même pas à notre sampan.

En ce moment, un pas ferme retentit dans le jardin. Quelqu'un marchait dans l'allée qui menait au pavillon.

— Sylvestre, ordonna Gilbert, relevez la porte.

La porte consistait en une simple natte qu'un petit lacet de soie permettait de tenir relevée. Dans la lueur que jetaient les lanternes du pavillon, un homme d'assez haute taille parut, se dirigeant tranquillement vers la porte. Il était vêtu à l'annamite, mais avec quelque chose d'européen, et son visage n'avait rien d'asiatique.

— C'est pas une face jaune, balbutia Sylvestre.

— Ça se complique, prononça Philippe.

— Pas d'imprudence! dit Gilbert.

L'homme s'arrêta à la porte du pavillon, et, après avoir jeté un regard hautain aux deux amis, demanda d'un ton dédaigneux :

— Que faites-vous ici, messieurs?

Les Japonaises se cachaient derrière les officiers, se cramponnant à eux. Sylvestre serrait son revolver, ne comprenant pas que Gilbert ne lui donnât pas l'ordre de tirer. L'inconnu l'apostropha d'un air gouailleur :

— Bas les pattes, matelot : tu vois bien que je n'ai pas peur de tes balles, puisque je viens seul, causer tranquillement avec tes officiers, alors que je n'aurais eu qu'un signe à faire pour qu'on vous massacrât tous, sans que vous pussiez même vous défendre...

— Mais vous êtes Français, monsieur? interrogea Philippe avec le même calme que s'il s'était trouvé dans un salon.

— Français! fit le nouveau venu avec un étrange sourire, oui,.. Français; et c'est à votre qualité de Français, messieurs, ou plutôt d'officiers français que vous devez la vie.

— Bah! vous croyez? prononça ironiquement Philippe.

— Vous pensez peut-être que j'ai peur de vos armes et de votre courage, que je ne mets certes pas en doute?... Mon cher monsieur, vous êtes entourés par une soixantaine d'Annamites, tous armés de fusils de précision et tirant parfaitement. Il m'aurait suffi d'ordonner une décharge convergente sur ce pavillon... puis de placer vos cadavres dans votre sampan et de le laisser filer au courant de l'arroyo... Et personne jamais n'aurait même soupçonné où les choses s'étaient passées... C'est le traitement que j'ai déjà fait subir à quelques drôles que les rires de ces Japonaises avaient attirés ici...

Il eut un geste brusque vers les trois petites femmes et leur adressa quelques paroles dans leur langue; il était aisé de deviner qu'il leur ordonnait de partir. Philippe s'interposa :

— Puisque vous êtes Français, monsieur, vous comprendrez, je n'en doute pas, le sentiment qui me fait prendre la défense de ces pauvres petites; car j'entends qu'il ne leur soit fait aucun mal...

— Vous *entendez*?... Mais, monsieur, vous parlez en maître?

— Je parle simplement en français, monsieur : si j'ai eu tort de m'introduire chez vous, où, je m'empresse de l'ajouter, mon compagnon ne m'a suivi que par pure obligeance, je suis prêt à vous rendre compte de ma conduite, en homme d'honneur; mais, je le répète, j'entends qu'il ne soit fait aucun mal à de pauvres petites folles irresponsables...

L'inconnu eut un rire nerveux.

— Vous m'amusez vraiment, monsieur; mais votre naïveté m'étonne: vous parlez de ces petites coquines comme si nous étions sur le boulevard... Rassurez-vous, je ne les punirai qu'en les privant de rubans pour leur ceinture pendant une quinzaine de jours, à la condition toutefois que vous ne renouvellerez pas l'aventure. Allons, vous!...

Il s'adressait en japonais aux petites femmes. Toutes tremblantes, elles s'éloignèrent; en passant devant le maître, elles lui adressèrent un regard suppliant. Il haussa les épaules et dit dédaigneusement :

— Le pis est que, lorsqu'elles ont commis leurs sottises, elles deviennent sentimentales et pleurnichent comme des grisettes!... Mais, messieurs, asseyez-vous, je vous en prie, que nous causions un peu avant de nous séparer.

Il frappa trois coups sur un gong; des domestiques annamites apportèrent du thé et des liqueurs françaises. Sylvestre regardait les bouteilles avec défiance : des drogues sûrement qui allaient leur jouer de vilains tours! Et il aurait bien voulu arrêter ses officiers qui acceptaient de prendre du thé. On le servit dans des tasses qui étaient de petites merveilles; le maître du lieu but le premier, pour écarter tout soupçon. Philippe était ravi : quelle charmante aventure à raconter à bord et, plus tard, dans les salons parisiens! Gilbert, quoique à demi rassuré, attendait impatiemment le moment où ils pourraient quitter cette maison mystérieuse. — L'inconnu racontait qu'il avait assisté à toutes les opérations de la flotte et du débarquement : c'est pour cela qu'il avait quitté sa demeure un peu à l'improviste...

— Ce qui vous a permis, monsieur, de vous moquer de moi — il s'adressait à Philippe. — Vous voyez que je ne vous en garde pas rancune...

Il versait trois verres de chartreuse.

— Seulement, avant de trinquer avec vous, je désirerais savoir qui j'ai eu, malgré moi, l'honneur d'abriter sous mon toit?...

Philippe montra son ami :

— M. Gilbert Morel, qui commandait une compagnie de débarquement.

— Ah! c'est vous, monsieur, qui avez enlevé la grande tranchée?... Mes compliments!

Et il tendait la main à Gilbert. Gilbert la prit, tout en éprouvant une soudaine antipathie, et il ne rendit pas le serrement de main qu'on lui donnait. L'inconnu ne le remarqua pas; il se tournait vers Philippe.

— Et vous, monsieur?

— Moi, j'ai été moins heureux : ma part du combat a consisté à relever des sondages.

— Mais votre nom, monsieur?

— Je m'appelle Philippe de Montmoran.

Philippe avait à peine prononcé son nom que le teint, naturellement très pâle, de l'inconnu, devenait olivâtre; une secousse le rejeta en arrière. Cela ne dura que quelques secondes; déjà l'inconnu reprenait son calme.

— Excusez-moi, messieurs... Un moment de surprise... J'ai connu jadis monsieur votre père, M. de Montmoran...

— Mais je serai charmé alors de lui porter de vos nouvelles.

— Non, dit l'inconnu en faisant un grand effort, non... car il est inutile que je vous dise qui je suis.

Il se leva, alla jusqu'à la porte du pavillon et respira quelques instants l'air embaumé de la nuit. Puis il revint.

— Je suis vraiment très heureux que cette petite aventure se termine si bien: je ne me serais jamais pardonné d'avoir fait tuer le fils de M. de Montmoran.

Il était maintenant tout à fait remis.

— Voyez cependant à quoi tiennent les destinées : quand on est venu me prévenir, à Hué, qu'un étranger pénétrait chez moi depuis deux ou trois nuits, j'ai d'abord donné l'ordre qu'on le massacrât sans pitié... Je ne me suis ravisé que ce soir, en pensant qu'il s'agissait peut-être d'un officier de la marine française!... Ah! j'en suis vraiment heureux!

Et cette fois, il tendit si cordialement la main à Philippe et à Gilbert que tous deux la lui serrèrent avec effusion.

— Monsieur, dit Philippe, vous êtes gentilhomme?

— Peut-être bien, monsieur, répliqua l'inconnu avec un amer sourire, mais très exotique.

— Mon père, à qui je m'empresserai de raconter tout ceci, devinera certainement...

— La chose est peu probable, car, pour monsieur votre père, comme pour bien des gens, je dois être mort; et elle n'aurait d'intérêt que si je devais revenir en France, où je ne retournerai probablement jamais...

— Pourquoi donc avez-vous quitté la France?

— Ah! voilà que vous faites l'indiscret! Personne ne connaît les motifs qui m'ont forcé à m'expatrier... J'ai vécu, loin de ma patrie, en aventurier, j'ai vu un peu tous les pays et j'ai fini par échouer ici, où j'étais bien perdu avant l'expédition française... Personne, à Hué, ne sait ma nationalité; on me croit généralement Anglais où Hollandais... Je laisse dire, pourvu que mes magasins soient remplis d'acheteurs, car je suis une manière de négociant, d'entrepositaire... Et je vis en Oriental, en toute liberté, avec ces esclaves, qui m'ennuient la plupart du temps, mais auprès desquelles je parviens quelquefois à trouver le calme et l'oubli... Et je m'éteindrai sans doute un beau matin ici, au milieu de mes fleurs, qui sont la seule chose à laquelle je tienne au monde.

— J'espère, moi, monsieur, dit gentiment Philippe, que vous aurez un jour la nostalgie de la France et que nous pourrons alors vous rendre votre gracieuse hospitalité?

L'inconnu secoua la tête.

— Je ne pense pas, dit-il; mais enfin j'accepte votre offre.

Il se passa la main sur le front, puis :

— Permettez-moi de vous demander des nouvelles de votre famille, de votre sœur, Mlle Viviane, de votre cousine... Mlle Madeleine de Montmoran?...

Gilbert fut choqué d'entendre prononcer le nom de Viviane par cet individu; mais il se reprocha son antipathie : pourquoi détester un homme dont la conduite était si galante? Philippe, au contraire, parlait des siens sans embarras. Gilbert remarqua que l'inconnu était repris par son émotion au moment où Philippe racontait que Madeleine était maintenant une grande fille : il se leva, comme il l'avait fait tout à l'heure; sa poitrine oppressée avait besoin du grand air. Il fit même quelques pas dans le jardin.

— Allons, messieurs, dit-il en revenant, le jour luira bientôt; il est temps que vous partiez. Matelot, allez démarrer votre sampan.

Ils sortirent tous et traversèrent silencieusement le jardin; ils entendirent quelques bruissements dans les feuilles.

— Mes Anamites, prononça l'inconnu; ils vous auraient tirés comme des lapins. N'allez plus recommencer de semblables expéditions!

Ils étaient au bord de la rivière; Sylvestre avait déjà sauté dans le sampan : il ne se faisait pas prier pour partir.

— Au revoir! dit Philippe.

— Je ne pense pas, prononça tristement l'inconnu. Allons, une dernière poignée de main, messieurs, et adieu!

Gilbert descendait dans l'embarcation, Philippe ne savait pas partir : il était trop prodigieusement intrigué.

— A propos, interrogea l'inconnu d'une voix qu'il cherchait vainement à rendre ferme, comment va donc la baronne de Kernisan?

Philippe, soudainement troublé, balbutia :

— Vous la connaissez donc?

Et il était heureux pour lui que les lanternes du pavillon ne l'éclairassent plus, car il rougissait comme un enfant pris en faute. Le nom de sa maîtresse prononcé ainsi par un inconnu, à des milliers de lieues de France... n'y avait-il pas là quelque chose de fantastique?... L'inconnu répondait :

— Je l'ai rencontrée... jadis... dans votre famille... Elle était charmante alors...

— Elle est toujours adorable.

Sylvestre, que ces choses intéressaient peu, demanda :

— Embarquez-vous, capitaine? Je crois bien qu'il est temps... C'est le flot descendant...

Et bientôt l'embarcation s'éloignait, se perdait dans la nuit, tandis que l'inconnu, s'appuyant contre un palétuvier, murmurait :

— O France! Chère France!...

Et, lorsque le jour se leva, il était à la même place, balbutiant toujours le nom de la Patrie; et des larmes brûlantes coulaient sur ses joues...

XIII

FOU-TCHÉOU

Dans la journée, Philippe regagnait le *Bayard*. Et, peu de temps après, il recevait l'ordre de rejoindre son torpilleur dans la baie de Kelung, où il avait été laissé sous le commandement d'un enseigne. Gilbert eut, aussi, bientôt terminé sa mission à terre, et le contre-amiral le chargea de diverses expéditions dans les environs.

Pendant près d'une année, les deux amis se trouvèrent presque toujours séparés, ne se rencontrant que par hasard. La guerre suivait son cours sur la terre ferme, moins heureuse parfois que sur mer, malgré l'héroïsme de nos soldats; car c'était une bien étrange guerre, qui se faisait à l'autre bout de l'Asie et que nos hommes politiques avaient la prétention de diriger de Paris. Ils la dirigeaient fort mal, naturellement, gênaient sans cesse les généraux par des instructions absurdes, souvent contradictoires, et surtout ils se laissaient berner par les ambassadeurs chinois qui sont d'admirables négociateurs dans l'art de gagner du temps. Cette conquête, en somme fort acceptable et qui aurait pu s'accomplir facilement, coûtait les plus grands sacrifices, en argent et en hommes.

Un des plus cruels fut celui qui résulta d'une paix mal conclue avec la Chine. La place de Lang-Son devait nous être cédée par le Céleste Empire; mais lorsqu'une petite colonne, d'environ quatre cents hommes, fut chargée d'aller l'occuper, sous le commandement du lieutenant-colonel Dugenne, elle fut reçue, près de Bac-Lé, par une armée chinoise forte de huit mille hommes. Dans cet abominable guet-apens, deux officiers furent tués, cinq blessés, vingt-quatre soldats tués et soixante-trois blessés, sans compter les « coolies », — les porteurs anamites, — dont une centaine environ succombèrent : drame épouvantable, mais bien glorieux pour nos soldats; car, malgré la pluie de balles chinoises qui ne cessa pas un instant, même la nuit, on ne laissa ni un fusil, ni une cartouche, ni un blessé sur le champ de bataille.

Une telle trahison appelait une vengeance éclatante.

L'amiral Courbet accomplit alors le célèbre bombardement de Fou-Tchéou, une des pages les plus glorieuses de la marine française.

•

La ville de Fou-Tchéou, une des plus considérables de l'Empire du Milieu, possédait un important arsenal construit jadis par deux officiers de la marine française, MM. d'Aiguebelle et Giquel. Cet arsenal était situé à une quinzaine de kilomètres en avant de la ville, sur la rivière Min, dans laquelle l'amiral Courbet s'était audacieusement enfermé. La rivière Min, large en certains endroits comme un bras de mer, puis soudain rétrécie et encaissée par de hautes montagnes, devait être, dans la pensée des mandarins chinois, le tombeau de la flotte française. Elle avait en effet, en face d'elle, l'arsenal, très bien défendu, et la flotte chinoise, nombreuse et bien armée; et, pour regagner la haute mer, elle serait obligée de franchir les goulets de Mingan et de Kimpaï hérissés de formidables fortifications, bordés de torpilles électriques, et où le fleuve, large seulement de trois ou quatre cents mètres, force les navires à passer, à portée de pistolet, sous le feu même des batteries chinoises. Les Chinois avaient assemblé là une douzaine de navires de guerre réunissant cent quarante-cinq pièces de fort calibre pouvant lancer des projectiles de cent à cent cinquante kilogrammes, plus une dizaine de torpilleurs et de brûlots. Un camp retranché, placé sur une hauteur, défendait l'arsenal; et toute la rade était dominée par d'imposantes batteries garnies de canons Krupp et de canons Armstrong.

L'amiral semblait pris comme dans une souricière. Et pour attaquer la flotte ennemie, l'arsenal, le camp retranché et les batteries, il n'avait que neuf bâtiments en bois, dont un seul cuirassé, et quelques torpilleurs. Sur ces navires se trouvaient seulement soixante-quinze canons, tous à découvert, sauf les grosses pièces de la *Triomphante*, et presque tous d'un calibre inférieur à ceux des Chinois. Et encore, pendant l'action, fallut-il se priver du *Château-Renaud* et de la *Saône* qui allèrent surveiller la passe de Kimpaï, où les Chinois voulaient couler une quarantaine de jonques, chargées de pierres, et mouiller des torpilles, ce qui aurait rendu impossible le retour à la pleine mer. Il ne restait donc que la *Triomphante*, le *Duguay-Trouin*, le *d'Estaing*, le *Villars*, le *Volta*, petit éclaireur sur lequel l'amiral avait mis son pavillon pour pouvoir s'avancer plus près de l'arsenal — la *Triomphante*, sur laquelle était habituellement son pavillon, calant deux mètres de trop pour remonter la rivière au même point que le *Volta*; enfin les canonnières l'*Aspic*, la *Vipère*, le *Lynx* et les torpilleurs.

Le 22 août, l'amiral reçut, par dépêche, l'autorisation d'ouvrir les hostilités. Le Conseil de guerre fut réuni immédiatement à bord du *Volta*, et l'amiral commença par ces mots :

— Notre premier devoir est de couler la flotte chinoise; ce ne sera pas long, je l'espère.

Puis toutes les instructions furent données. L'attaque aurait lieu le lendemain. L'opération ne pouvait se faire qu'au moment de la marée, c'est-à-dire vers deux heures de l'après-midi. Le 23, le temps était admirable; la flotte chinoise, par ses couleurs éclatantes sous le beau soleil, formait un amusant contraste avec son ennemie, moins bariolée, mais reluisante ; et toutes les deux se couronnaient de la fumée des machines, tandis que les matelots, pleins d'entrain des deux côtés, faisaient le branle-bas de combat. Certainement, ce jour-là, Chan-Pei-Loun, — ils ont tous des noms abominables ! — qui était le chef de la défense, croyait qu'il allait nous vaincre, et il avait communiqué sa confiance à ses marins et à ses soldats. On put voir, dans la matinée, les canots-torpilles chinois s'avancer comme pour faire sauter nos navires.

Cinq minutes avant deux heures, comme le reflux se faisait sentir, l'ordre du combat fut donné, la canonnade éclata et toute la rade se couvrit de fumée. Les navires français se rapprochaient tranquillement des forts et de l'escadre qui ripostaient avec fureur. Ce n'était plus comme à Thuan-An, où, le premier jour, les canons ennemis n'avaient pu atteindre nos navires. Déjà plusieurs officiers français étaient tués ou blessés. Le feu de l'ennemi se concentrait sur le *Volta*, le vaisseau de l'amiral Courbet qui s'était avancé à moins de deux cents mètres de la côte et était criblé de projectiles. L'amiral, debout sur la passerelle, servait de cible aux ennemis ; il semblait ne pas s'en apercevoir et donnait ses ordres avec la même assurance, avec la même fermeté que s'il avait manœuvré dans la rade de Brest. Déjà, son aide de camp était tombé, frappé à la hanche par un éclat d'obus. Le pilote, qui dirigeait le navire, tombait aussi, la poitrine emportée : et il répétait en mourant :

— Toujours tout droit !

En ce moment, dans une éclaircie de fumée, on put voir les torpilleurs, « ces moucherons, » qui, sous une grêle de balles et d'obus, filaient droit vers les vaisseaux qui leur avaient été désignés.

Ce jour-là, Gilbert Morel commandait officiellement son torpilleur : le dernier courrier de France lui avait apporté son titre de lieutenant de vaisseau.

La veille, avant de prendre un peu de repos, il avait soigneusement inspecté son navire et ses hommes ; il connaissait bien le vaisseau chinois qu'il était chargé de couler ; il avait confiance. Dès les premières lueurs du jour, il était debout et écrivait ces quelques lignes :

« Ma mère, c'est pour aujourd'hui ; je t'embrasse une

dernière fois. Si je succombe, pardonne-moi... Mais j'espère bien ne pas succomber. »

Puis, il avait envoyé son journal au commissaire du bord de la *Triomphante* avec prière de le transmettre en France en cas de malheur. Ce commissaire avait d'ailleurs reçu de nombreuses missions de ce genre, entre autres celle de M. Latour, commandant le torpilleur 45, qui avait dit :

— Envoyez ma paye en France; elle a trop de chances de tomber à l'eau avec moi.

Le torpilleur de Gilbert arriva le premier sur l'ennemi; il avait à démolir le *Fey-Yune*, armé de cinq canons de 14 centimètres, qui vomissaient sur lui une grêle de projectiles. Au moment où il abordait, les Chinois, ne pouvant plus se servir contre lui de leurs canons, l'accablèrent de grenades lancées à la main, s'imaginant sans doute qu'ils allaient défoncer le toit du torpilleur. Mais déjà la torpille, placée au bout d'une hampe, était posée sous le flanc du vaisseau ennemi et éclatait.

— Machine en arrière! commanda Gilbert.

Comme dans la rade de Cherbourg, la manœuvre réussit admirablement; le torpilleur se retirait avec la même rapidité qu'il avait mise à venir. Le succès était complet. Et le *Fey-Yune* commençait à s'enfoncer. C'était la première fois qu'on voyait les torpilles jouer leur rôle dans une vraie bataille. Des cris d'enthousiasme éclatèrent de tous côtés, principalement sur un vaisseau anglais qui assistait au combat. Mais, comme Gilbert jetait un coup d'œil autour de lui, il éprouva une violente angoisse.

Philippe de Montmoran avait eu, pour sa part, le *Tsi-Ngan*, armé de six canons de 14 centimètres. Il s'était précipité sur lui avec son entrain habituel et lui avait placé sa petite torpille le plus adorablement du monde, et la torpille avait éclaté aussitôt, et le *Tsi-Ngan* coulait. Seulement, malgré le commandement de « machine en arrière », son torpilleur ne bougeait pas. Philippe « y était allé » avec trop de fougue et sa fourche était prise : s'il ne parvenait pas à se dégager, il était perdu; le *Tsi-Ngan* s'enfoncerait, mais l'entraînerait avec lui. L'équipage chinois, affolé, accablait le torpilleur de tout ce qu'il avait sous la main. Philippe reçut une balle à la joue; autour de lui, des matelots blessés se plaignaient.

— Taisez-vous, morbleu! leur criait-il.

Mais, au même instant, un obus chinois, lancé de terre, pénétrait dans la machine du torpilleur... Philippe pâlit un

Les Japonaises se cramponnaient aux officiers. (Page 122.)

peu : cette fois, il se sentait bien perdu... Il ne pouvait plus manœuvrer. Déjà l'amiral se préparait à lancer un canot de réserve à son secours, tout au moins pour essayer de sauver les hommes, quand Gilbert, qui se trouvait plus près du lieu du combat, changea brusquement de route et se dirigea vers son ami. Il n'avait guère plus que deux minutes devant lui. Méprisant les balles des ennemis, il passa avec Sylvestre sur le toit de son embarcation; et ils purent lancer une chaîne au torpilleur de Philippe. En un clin d'œil, la chaîne était amarrée à l'arrière, et Gilbert repartait, dégageant enfin son ami.

Il était temps ; les deux torpilleurs n'étaient pas à vingt mètres que le vaisseau chinois s'enfonçait, aux cris d'épouvante et de malédiction de son équipage... Philippe, ne son-

Le *Bayard* partait pour la France. (Page 140.)

geant même pas à sa blessure, était monté sur le pont et remerciait Gilbert avec effusion ; et Gilbert lui répliquait en souriant :

— Mais c'est tout simple, mon ami. N'auriez-vous donc pas agi de même à ma place ?

A moitié chemin du *Volta*, vers lequel ils se retiraient, ils croisèrent une petite embarcation à vapeur battant pavillon anglais, sur laquelle se tenait seulement un barreur, mais un barreur assez bizarre, n'ayant pas le costume des marins, et fumant tranquillement son cigare.

— Regardez donc cet original, dit Philippe.

— Il est aux premières places; mais il pourrait bien y rester.

Gilbert le héla :

— Hé, monsieur, savez-vous que les boulets des batteries Krupp arrivent fort bien jusqu'ici ?

Au même instant, l'homme se leva, ôta son chapeau qui, tout à l'heure, lui couvrait presque complètement le visage, et il cria, en faisant un gracieux geste :

— Mes compliments, messieurs ! Je vois que les officiers de la marine française n'ont pas dégénéré.

Philippe lui rendit joyeusement son salut :

— Enchanté, vraiment, de vous retrouver ! Et, quand vous viendrez à Paris...

— Bientôt, peut-être...

Gilbert salua plus froidement... Il n'avait encore pu se défendre d'un mouvement d'antipathie ; car cet original, qui, pour satisfaire sa curiosité, risquait si tranquillement son existence, n'était autre que l'inconnu de Thuan-An, le bizarre aventurier qui les avait tenus à sa merci, l'homme des petites Japonaises...

Ils le perdirent bientôt au milieu de la fumée et arrivèrent dans les eaux du *Volta*.

La flotte chinoise, ou du moins ce qui restait de la flotte chinoise, était en feu. Les malheureux navires qui n'avaient pas encore coulé étaient forcés de s'échouer; les canots-torpilles, si menaçants le matin. allaient se réfugier dans le haut de la rivière ou dans un petit arroyo voisin de la douane, où M. de Lapeyrère les poursuivait.

A trois heures et demie, la flotte ennemie n'existait plus; quelques-uns de nos navires avaient de nombreuses avaries, mais pas assez graves pourtant pour les empêcher de prendre part au bombardement de l'arsenal. A quatres heures, la poudrière sautait. A six heures, les batteries Krupp étaient éteintes.

La nuit suivante se passa en angoisses continuelles. Chan-Pei-Loun n'avait pas encore renoncé à nous battre : il espérait, à la faveur de la nuit, lancer des brûlots qui incendieraient notre flotte. Il fallut prendre des positions d'où, grâce à la lumière électrique, on surveillait tout le fleuve; mais les bandits obligèrent la flotte à changer plusieurs fois de mouillage, et un de leurs navires, incendié par nos obus, le *Tchcng*-

Hong, abandonné à la dérive, nous causa les plus grands ennuis. Enfin, le jour se montra, sans qu'on eût eu à signaler de fâcheux accidents. Dans cette seconde journée, on détruisit entièrement l'arsenal, et des compagnies de débarquement allèrent enlever les dernières batteries, que les obus des navires ne pouvaient atteindre. Le *premier* établissement maritime des Chinois n'existait plus.

Le 25 et le 26, l'amiral Courbet, ayant quitté Fou-Tchéou, détruisit les forts qui défendaient la passe Mingan. Les jours suivants, il forçait la passe Kimpaï, après d'admirables combats d'artillerie et de nombreuses descentes à terre. Et le 31 août il lançait cette proclamation :

« États-majors et équipages,

« Vous venez d'accomplir un fait d'armes dont la marine a le droit d'être fière.

« Bâtiments de guerre chinois, jonques de guerre, canots, porte-torpilles, brûlots, tout ce qui semblait vous menacer, au mouillage de la Pagode, a disparu; vous avez bombardé l'arsenal; vous avez détruit toutes les batteries de la rivière Min.

« Votre bravoure et votre énergie n'ont rencontré nulle part d'obstacles insurmontables. La France entière admire vos exploits. Sa reconnaissance et sa confiance vous sont acquises.

« Comptez avec elle sur de nouveaux succès.

« Le vice-amiral commandant en chef,

« COURBET. »

Les morts de Bac-Lé étaient bien vengés !

XIV

LA FIN D'UN HÉROS

La blessure de Philippe de Montmoran ne présentait aucune gravité; et elle n'eut guère d'autre inconvénient que de laisser une assez vilaine balafre sur la joue gauche de l'officier.

Il en était vexé et ne le cachait pas ; mais toute mauvaise humeur disparut quand le courrier de France lui apporta le grade de capitaine de frégate. Ses nombreuses reconnaissances sur les côtes et dans les arroyos, sa blessure reçue si glorieusement valaient bien cela. Le même courrier apportait à Gilbert Morel la croix de la Légion d'honneur : on récompensait la merveilleuse habileté avec laquelle il avait coulé son cuirassé chinois.

Ah! comme il fut bien accueilli ce courrier de France, qui contenait aussi de longues lettres des êtres aimés, ces lettres qui pouvaient se résumer en quelques phrases :

« Nous vous aimons... Nous pensons sans cesse à vous... Nous tremblons... »

Mme de Montmoran et Madeleine disaient :

« Tandis que ton père nous lisait le récit de l'attaque des torpilleurs, nous ne respirions plus, nous avions peur comme de toutes petites filles... Oh! ce maudit Chinois qui t'a visé si méchamment! »

Viviane était plus brave :

« Frère adoré, que j'étais fière en lisant tout cela! Je te voyais, fonçant avec ta petite embarcation sur ce gros cuirassé... Et je suis certaine que tu souriais... Madeleine et maman pleuraient; moi, j'étais brave comme toi; seulement, mon cœur allait vite, vite... Papa ne tenait pas en place, et il riait, et il se moquait de maman. Il lui criait :

« — Est-ce que notre fils va se laisser tuer par des Chinois ?

« Tu penses bien qu'il ne disait cela que pour rassurer maman, car il sait mieux que personne à quels dangers tu es exposé... Mais figure-toi qu'hier matin je suis entrée dans son cabinet pour lui remettre nos lettres; il lisait les dépêches officielles... Et j'ai vu de grosses larmes qui perlaient au coin de ses yeux.

« — Qu'avez-vous donc, père? ai-je demandé.

« — Eh! ma Viviane, je puis être plus franc devant toi, parce que tu as un cœur de marin... Mais, sans ce Gilbert Morel, nous n'avions plus de Philippe!...

« Alors je suis tombée dans les bras de père, et nous avons oublié notre bravoure, et nous nous sommes mis à sangloter. C'est un bien bon ami que ce M. Gilbert Morel, et tu dois bien l'aimer!... »

— Hum! fit le frère de Viviane en lisant cette dernière

phrase, j'imagine qu'à notre retour en France je ne serai pas seul à l'aimer, ce M. Gilbert...

Gilbert avait été profondément touché de recevoir ces quelques mots du père de Philippe :

« Mon cher lieutenant,

« Nous vous devons la vie de notre fils; je vous remercie, au nom de ma femme et de tous les miens, et vous envoie bien affectueusement l'accolade que se doivent tous les membres de la Légion d'honneur.

« VICE-AMIRAL DE MONTMORAN. »

— Au nom de ma femme et de *tous les miens*..., murmura Gilbert.

Et le beau visage de Viviane se présentait à son esprit. Ce simple mot l'avait aussi vivement impressionné que les longues pages où sa mère lui dépeignait ses angoisses.

Sylvestre avait aussi reçu des nouvelles de France, mais des nouvelles qui le troublaient; et il s'en ouvrit à son capitaine. D'abord, le père faisait ses excuses aux torpilleurs, vu leur excellente conduite: sur ce point les choses allaient bien. Mais ne voilà-t-il pas que le père parlait d'abandonner Cherbourg pour retourner en Bretagne? Pourquoi s'en retourner à Trevenec, quand le gars pouvait, à son arrivée en France, se faire attacher, grâce à la protection que son capitaine lui avait promise, à l'escadre de la Manche, ce qui le ramènerait sans cesse à Cherbourg.... tandis que ladite escadre n'irait certes jamais mouiller à Trevenec?

Gilbert raisonna Sylvestre et lui fit comprendre que le père devait avoir de bonnes raisons pour cela ; et Sylvestre répondit au vieux Karadeuc qu'il fallait « agir à son entendement parce que, lui, il était trop occupé par les faces jaunes pour se mêler des choses de France... ».

La flotte de l'amiral Courbet demeura, tout le mois de septembre, au mouillage de l'île Matsou, près de l'embouchure de la rivière Min : on faisait du charbon et on se reposait. Au mois d'octobre, elle se dirigea vers l'île de Formose, dont l'escadre du contre-amiral Lespès avait commencé la conquête dès le mois d'août, suivant les ordres donnés par l'amiral Courbet. Déjà le port de Kelung avait été bombardé :

il fallait maintenant empêcher les Chinois de jeter des renforts dans l'île. Une quinzaine de bâtiments bloquèrent cette île magnifique, longue de quatre cents kilomètres sur cent trente de large, du mois d'octobre au mois d'avril, mission terriblement dure avec la saison des tempêtes, mais qui ne fournissait guère aux officiers de marine d'occasions de se distinguer. On commençait à s'ennuyer un peu à bord de l'escadre. Philippe avait dû se résigner à voir son torpilleur filer, à la remorque d'un transport, pour Saïgon, où l'on réparerait ses avaries. Quant à lui, il était momentanément attaché à l'état-major du *Bayard*, et sa principale distraction consistait à aller rendre visite à Gilbert qui, lui aussi, se désolait de n'avoir plus rien à faire; les navires chinois ne venaient plus se frotter aux torpilleurs.

Au mois de janvier cependant, cinq navires ennemis essayèrent de franchir le blocus. Deux d'entre eux, une frégate armée de 23 canons et une corvette armée de 16 furent coulées par les canots porte-torpilles du *Bayard;* les trois autres, commandés par des officiers étrangers, refusèrent le combat et s'enfuirent sans avoir tiré un coup de canon. Pendant ce temps, le corps de débarquement, sous les ordres du colonel Duchesne, faisait la conquête de Formose, au prix des plus grands efforts, luttant un contre dix, enlevant tour à tour toutes les forteresses où les Chinois se croyaient invincibles. Gilbert et Philippe se désolaient; ils n'assistaient plus aux batailles qu'en spectateurs.

— Je pourrais mettre mes armes sous clef, disait Gilbert; je ne me sers plus que de ma lorgnette.

Et, chaque fois qu'on se battait, il avait un autre sujet de crispation; sa lorgnette lui faisait toujours découvrir, dans quelque recoin, le canot à vapeur monté par l'inconnu du Thuan-An, de Fou-Tchéou : cet étrange aventurier semblait avoir complètement abandonné sa maison et ses Japonaises pour suivre, avec une persistance insensée, les opérations de la flotte française. Plusieurs fois, des canonnières voulurent lui donner la chasse; mais il était bon marin et connaissait admirablement tous ces parages, car il disparaissait toujours, comme par enchantement.

Après la conquête de Formose, l'amiral Courbet quitta le mouillage pour s'emparer des îles Pescadores, d'où les Chinois avaient parfois réussi à envoyer des munitions et des troupes à leur grande île. Cette nouvelle conquête s'accomplit aussi brillamment que les précédentes; mais elle fut l'occasion d'un terrible chagrin pour Gilbert Morel. Une nuit de gros temps, comme son torpilleur n'était pas capable de tenir la mer sans secours, il avait été obligé de se faire remorquer par un croiseur. Soudain, la chaîne de remorque se brisa, et il fut matériellement impossible de descendre une embarcation pour installer une nouvelle chaîne. Gilbert, qui était à bord du croiseur avec ses hommes, voulait se jeter à la mer, sauver cette frêle embarcation qui avait si vigoureusement combattu... Il dut obéir au commandant du croiseur; et, des larmes de rage aux yeux, il vit son torpilleur se perdre dans la nuit...

Peu de temps après, son chagrin personnel s'effaçait devant le deuil cruel qui frappait toute la France. Le 11 juin, au soir, le bruit se répandait, à bord de la flotte, que l'amiral Courbet était dans un état désespéré... « Cela se répandit comme une traînée de poudre jusqu'au gaillard d'avant, où les matelots chantaient. Justement, ils étaient en train de répéter une grande représentation théâtrale pour dimanche prochain, avec de la musique et des chœurs ; tout cela se tut et les chanteurs se dispersèrent; une espèce de silence sourd, que personne n'avait commandé, se fit tout seul, partout[1]. »

Le grand chef se mourait, épuisé par la lutte, par la maladie, par le chagrin. Depuis quelques mois, il se rongeait à cette conquête de Formose, désespéré de voir périr ses hommes de fatigue, de misère, de maladies, de continuelles dysenteries encore plus que des balles ennemies... Et, sous le souffle sinistre qui répandait l'effroi sur la flotte, on se contait sa vie, et pas une voix ne s'élevait pour dire autre chose que l'affection, le respect; car tous l'aimaient, matelots, officiers, même les régiments disciplinaires qui étaient sous ses ordres, et l'aimaient avec une sorte d'admiration. Avec lui, on n'avait jamais connu d'échec. Il était terriblement exigeant, quand le drapeau de la France l'ordonnait, quoique personne ne se montrât plus avare que lui de la vie de ses hommes; mais tous ses plans, dans les petites choses comme dans les grandes, étaient si remarquablement combinés que la réussite se trouvait régulièrement au bout. Et, les combats terminés, on le voyait non moins régulièrement dans les ambu-

1. Pierre Loti.

lances, consolant les mourants, plourant parfois, réconfortant les blessés.

De quoi se mourait-il? On répétait des mots prononcés par les médecins, hépatite, dysenterie... Mais les matelots haussaient les épaules : est-ce que des maladies toutes simples pouvaient terrasser un grand chef tel que lui? Il se mourait de chagrin, de trop de travail et du désespoir de voir ses magnifiques victoires inutiles... Et puis, ces derniers temps, maintenant qu'on ne se battait plus, que l'époque des batailles était finie, il ne se passait plus de jours où il ne descendît à terre pour visiter l'ambulance installée sur la côte ; il y passait des heures dans l'atmosphère enfiévrée de la maladie inconnue qui fauchait tant de Français... Elle allait y faucher le plus grand de ceux qui étaient réunis dans cette mer lointaine. Mais les hommes ne voulaient pas croire qu'il succombât : on allait apprendre tout d'un coup, qu'il se relevait, qu'il était victorieux de la mort comme de ses ennemis...

Et vers minuit, un canot à vapeur du *Bayard* parcourut l'escadre pour annoncer la fatale nouvelle.

Il était mort à dix heures, tout doucement. Il y avait déjà plusieurs heures qu'il ne se plaignait plus... Ses membres ne pouvaient plus être réchauffés. Sa tête, brûlante au contraire, était éventée par deux matelots... Et les officiers du *Bayard*, rangés devant lui ou devant la porte de sa cabine, n'échangeaint plus une parole... Et la mort, passant au milieu d'eux, était venue prendre son illustre victime...

Gilbert Morel et Philippe de Montmoran demeurèrent presque toute la nuit sur le pont, prononçant parfois, à voix très basse, une remarque sur l'amiral, un souvenir... D'un signe de tête, l'un approuvait ce que l'autre avait dit; puis ils redevenaient silencieux, grandement impressionnés... Le lendemain, un vendredi, par un temps humide, sombre, la flotte s'éveilla en deuil ; déjà les pavillons étaient en berne, les vergues en pantenne ; et, toutes les demi-heures, on tirait le canon. De nombreuses embarcations couvraient la mer, venant de terre, portant des Chinois qui tenaient à s'assurer que c'était bien vrai, que leur terrible ennemi était bien mort. Ce fut une grande joie pour la Chine.

On avait songé à porter son corps à terre, dans une grande pagode, pour que toutes les troupes pussent assister à ses funérailles, et l'on aurait fait quelque superbe cérémonie

Mais on finit par le laisser à bord du *Bayard*, où il était sur le sol français ; et trois lugubres journées de deuil s'écoulèrent au milieu d'une navrante tristesse.

Le temps ne cessait pas d'être morne, gris, correspondant bien au sentiment de tous les équipages. Et la messe fut dite, dans un petit espace brûlant où s'entassaient les officiers, tandis que, dans le bas du navire, on embaumait bien vite le corps. L'après-midi, les médecins ayant terminé leur besogne, le corps fut remonté dans le salon de l'amiral, enveloppé de son linceul. Son visage avait conservé son beau calme. Les officiers pénétraient doucement pour le contempler encore. Et, comme Gilbert se retirait un des derniers, il rencontra Sylvestre avec une bande de quartiers-maîtres.

— Ah ! mon capitaine, bégaya le brave garçon, si on pouvait le voir, nous aussi !

Il s'inclina vivement. (Page 143.)

Et on les laissa entrer... Et puis les simples matelots s'enhardirent ; n'étaient-ils pas, eux aussi, les enfants de ce grand homme ?... Tous défilèrent, les larmes aux yeux, le cœur serré. Leur âme était véritablement en deuil, comme à la mort d'un parent chéri. Et puis ce fut fini ; on le coucha dans sa bière. Le 13 juin, il fut mis en chapelle et les honneurs militaires lui furent rendus par toute l'escadre et les forts de la rade, au milieu d'une tristesse vraiment déchirante. L'amiral Lespès, qui lui dit adieu au nom de la flotte, éclata en sanglots après avoir prononcé quelques paroles. Il ne put achever son discours. Et, peu de temps après, sur l'ordre du ministre de la marine, le *Bayard* partait pour la France, emportant les restes de l'amiral Courbet.

Philippe et Gilbert, qui maintenant faisaient partie des officiers du *Bayard*, quittèrent donc le mouillage de Ma Kung au moment où ils ne songeaient même pas à retourner en France. Cependant, durant toute la première partie du voyage ils n'eurent pas le courage de se réjouir : ils étaient encore trop vivement impressionnés par la mort de l'amiral. La gaieté de Philippe s'était éteinte tout d'un coup ; et la mélancolie habituelle de Gilbert devenait encore plus profonde.

Leur impression de tristesse diminua un peu au moment où le *Bayard* passait en vue d'Obock, dans le golfe d'Aden, en vue d'une colonie de France. Puis, ce fut la mer Rouge, Suez, l'Algérie, tous les ports où le navire était accueilli avec enthousiasme, et la Méditerranée, les eaux françaises... enfin les côtes de Provence, les Salins d'Hyères...

La France suivait, chaque jour, avec impatience, les nouvelles du *Bayard* ; on préparait de magnifiques funérailles au héros de Fou-Tchéou... Mais Gilbert et Philippe, bien malgré eux, ne prêtaient plus la même attention à ces choses : l'amiral occupait une place moindre dans leurs conversations ; ils parlaient surtout maintenant de leur famille, de Paris. Ils allaient sans doute avoir un bon congé... Et, des Salins d'Hyères, où le corps fut débarqué, jusqu'à Paris, ils vécurent un peu comme des enfants, accomplissant machinalement leur service, l'esprit tendu vers Paris, vers la famille... Gilbert, qui n'avait jamais éprouvé le moindre symptôme de crainte au Tonkin, avait une peur vraiment enfantine que quelque banal accident de chemin de fer ne l'empêchât d'embrasser sa mère...

Et ils étaient bien angoissés tous les deux, quand le train entra en gare de Paris.

Ils ne distinguaient, sur le quai, qu'une foule officielle, le ministre de la Marine, son aide de camp, le préfet de police, le préfet de la Seine... tous les personnages qui venaient recevoir le corps au nom du Gouvernement, afin de le transporter aux Invalides, où eut lieu le lendemain la magnifique cérémonie que tout Paris a encore présente à la mémoire. Mais cela importait peu, en ce moment, à Gilbert et à Philippe ; dans cette foule, ils cherchaient anxieusement les visages des êtres aimés.

Les quatre-vingts marins qui accompagnaient le cercueil se rangeaient sur le quai et, auprès d'eux, un interprète chinois très dévoué à l'amiral et qui lui avait rendu de grands services au Tonkin. L'aide de camp de l'amiral tenait dans les bras du ministre... Tous les assistants avaient le cœur serré...

Et soudain, Gilbert se sentit enlever à pleins bras.

— Mon Gilbert... mon chéri...

— Maman !

Il ne l'avait pas aperçue, parce qu'elle se faisait toute petite pour se glisser au milieu de la foule officielle. Elle était presque évanouie maintenant dans les bras de son fils.

— Père ? interrogea-t-il tout de suite.

— Il arrive ce soir.

Ce fut tout ce qu'elle put dire ; le bonheur la terrassait... Gilbert dut la reconduire à sa voiture. Et, comme il traversait une salle d'attente, il aperçut soudain trois femmes et un homme qui entouraient un officier de marine... Il s'inclina vivement.

— Qui ?... interrogea sa mère, plus encore du regard que de la voix.

— La famille de Montmoran... Si tu veux que je te présente ?

Elle fit signe que non, balbutia :

— Une autre fois...

Elle n'avait pas la force aujourd'hui de faire autre chose que d'être à son fils... Et ils s'éloignèrent, elle pleurant doucement, lui la soutenant par la taille. Et, au moment où il sortait de la salle, il se retourna, vit toute la famille de Montmoran qui lui envoyait d'affectueux sourires... On comprenait bien pourquoi il ne pouvait pas s'arrêter... Et il voyait surtout le sourire si gracieux de Viviane, le geste si amical qu'elle lui avait instinctivement adressé.

Et il se sentait heureux, heureux comme jamais cela ne lui était arrivé...

L'épisode suivant a pour titre :

L'HÉRITIER DU CRIME

TABLE DES MATIÈRES

PREMIÈRE PARTIE

DEUXIÈME PARTIE

Sceaux. — Imp. E. Charaire.

10 centimes le fascicule illustré.

www.ingramcontent.com/pod-product-compliance
Ingram Content Group UK Ltd.
Pitfield, Milton Keynes, MK11 3LW, UK
UKHW020226220726
13923UKWH00002B/534